A Divorciada

Francisca Clotilde

A Divorciada

JANELA AMARELA
EDITORA

Rio de Janeiro
2022

Este livro é baseado na edição publicada em 1902 pelo *Ateliers Louis.*

Edição, Revisão e Produção
Carol Engel
Ana Maria Leite Barbosa

Ilustrações
Carol Engel

Projeto Gráfico, Capa e Diagramação
Isaias C. Silveira - AboboraX Design

Janela Amarela Editora agradece a indicação da obra e da autora, feita pela Polliana Maracajá, do perfil @te.indico.literatura, e o apoio de Anamélia Custódio Mota na edição deste livro.

**CIP-BRASIL. CATALOGAÇÃO NA PUBLICAÇÃO
SINDICATO NACIONAL DOS EDITORES DE LIVROS, RJ**

21-92664

Clotilde, Francisca, 1862-1935.
A divorciada / Francisca Clotilde. - 1. ed. - Rio de Janeiro : Janela amarela, 2022.

ISBN 978-65-995434-5-6
1. Romance brasileiro. I. Título.

22-76187 CDD: 869.3
CDU: 82-31(81)

Gabriela Faray Ferreira Lopes - Bibliotecária - CRB-7/6643

APRESENTAÇÃO

Francisca Clotilde (1862-1935), autora de *A Divorciada*, é uma das personalidades femininas mais notáveis da educação e da literatura cearense. Primeira professora da Escola Normal Pedro II, em Fortaleza. Concomitante ao seu trabalho de educadora, participou ativamente em prol da Abolição dos Escravos no Ceará, inclusive, fazendo parte da Sociedade das Senhoras Libertadoras.

Colaborou nos principais jornais e revistas, dentro e fora do estado, fulgurando poemas, sonetos, contos, crônicas, artigos pedagógicos e também de cunho político. Publicou em 1889 *Noções de Arithmetica*, com o intuito de que as aulas se tornassem mais fáceis e alegres, e em 1897, a *Coleção de Contos*, prefaciado por Tibúrcio de Oliveira, dedicado à memória de seus pais, João Correia Lima e Ana Maria Castelo Branco. Embora elogiada enquanto poeta, não nos deixou nenhum livro de poesias. Sua primeira produção literária em versos data de 1877.

Em 1888, juntamente com os professores Antônio Duarte Bezerra e Joaquim Fabrício de Barros, criou o jornal semanário *A Evolução* que teve duração de dois anos. Demitida da Escola Normal, fundou em Fortaleza, no ano de 1893 sua escola particular: o Externato Santa Clotilde.

A autora dedicou o romance *A Divorciada* às diletíssimas amigas Serafina Pontes e Alba Valdez. Serafina Pontes, poeta e abolicionista, publicou em 1894 o *Livro D'Álma*, prefaciado por Francisca Clotilde.

Sobre a amiga, Alba Valdez afirma: "Sua inteligência não escolhe assunto para brilhar, vemo-la no romance *A Divorciada* com a mesma facilidade graciosa com que emprega no conto e na fantasia – enredos que ela escreve para delícia de nossas escolas e festas familiares. Vivesse ela em outro meio que não o nosso, ora indiferente, ora desdenhoso, onde a imprensa na nobre acepção da palavra ocupasse o lugar que lhe compete por todos os títulos, Francisca Clotilde receberia de todos os lados os aplausos e estímulos valiosos que os eminentes cérebros realmente despertam".

A trama romanesca em *A Divorciada* gira em torno de uma família burguesa do século XIX. Coronel Pedrosa, viúvo com três filhas, não permitiu a aproximação e o enlace de sua filha Nazareth com o moço simplório – Chiquinho –, pelo contrário, elegeu seu sobrinho, Dr. Arthur, para genro, pensando tratar-se de uma pessoa de bom caráter e bom partido, capaz de proporcionar a felicidade de sua filha.

Nazareth, a protagonista, é uma criatura privilegiada, de uma bondade fora do comum, procurando sempre amenizar o sofrimento alheio, considerada a primeira samaritana da literatura cearense.

Chiquinho, tomando conhecimento de que não era aceito pela família de Nazareth, não se deixou rebaixar, parte para o Amazonas em busca de enriquecer. Glória, a prima de Nazareth, fingida, dada a vida fácil, é a vilã do drama.

A Divorciada é composto de 37 capítulos muito bem elaborados, de fácil compreensão, apesar de inúmeros martírios, vividos pelos protagonistas. Rompendo todos os preconceitos, desprezadas todas as conveniências sociais da época, procura demonstrar a necessidade do amor no casamento. E propõe um novo rumo para o casamento que não deu certo: o divórcio. Como mulher de vanguarda, antecipou-se a tudo e a todos.

Parabéns a Janela Amarela Editora que nos presenteia com esta obra de significante valor literário.

Tauá-CE, 12 de fevereiro de 2022
Anamélia Custódio Mota

SUMÁRIO

A minhas diletíssimas amigas

Serafina Pontes
e
Alba Valdez

A D. Maria Eugênia dos Santos

Cartão de Visita

Não pense o leitor benévolo que vai ter diante dos olhos um romance de cenas aparatosas, cheio de peripécias emocionantes e de lances extraordinários.

É uma história singela de duas criaturas que se amaram com pureza e as quais o destino torturou acerbamente antes de dar-lhes a felicidade almejada.

A maior parte da ação desenrola-se no campo, num pequenino povoado, em plena existência matuta, por entre a harmonia dos ninhos, traduzida pelos gorjeios das aves festivas.

Trescala a narração o aroma das flores agrestes. É um inocente idílio que pode ser compreendido pelo olhar mais casto.

Não está filiado a escola alguma dos grandes mestres; os seus personagens existem, e a cor verdadeira que apresentam é o mérito único da obra extremamente singela.

Relevem os inúmeros defeitos, a simplicidade rústica da forma, a pobreza de colorido, devida talvez ao meio excessivamente burguês em que se deslizou a vida da – Divorciada.

A autora

I

O sol avizinhava-se do ocaso.

A impressão sugestiva do crepúsculo de uma bela tarde de maio vibrava docemente nos espíritos mais crentes, fazendo-os pensar por instantes nas coisas do céu.

Alegremente o sino da capelinha branca situada em uma pequena elevação dominava o povoado, chamava os devotos aos exercícios do mês mariano[1].

Sentia-se um cheiro agradável de manjericões e boninas levados em buquês pelas raparigas mais belas do lugar, e meninas em grupo cantarolavam baixinho os versos que tinham de responder por ocasião da novena.

Todos os semblantes apresentavam sinais de satisfação e ao chegarem ao adro da igreja era uma verdadeira festa. Quando se aproximava o moço encarregado de exercer

1 celebrações católicas dedicadas à Nossa Senhora

as funções de celebrante e que era um dos mais guapos mancebos do povoado, de rosto simpático, olhar expressivo, sorriso insinuante, a alegria aumentava. Mais de um rosto de devota se denunciava coberto de um rubor misterioso ao corresponderem a saudação feita com aquele bom modo que mostra o homem superior, mesmo sob a aparência rústica do filho do campo.

Era muito estimado o Chiquinho, já pelas excelentes qualidades que o colocavam em esfera superior a dos outros seus conterrâneos, já pela influência política de seu pai, homem de rija tempera e que, embora de gênio violento e sujeito a explosões bem intempestivas, era de uma retidão de caráter a toda prova. Além disso, o Chiquinho tinha alguns conhecimentos bebidos na leitura constante de livros que lhe emprestava o vigário, que o nomeara procurador da capela e que nele depositava a maior confiança.

Daí chamarem-no para todas as festas.

Se havia um terço de promessa, levavam-no quase processionalmente para tirá-lo; se um pobre agonizava num grabato[2] miserável em mansarda escura, lá ia o rapaz. E, era consolador vê-lo, tão cheio de vida, os belos traços traduzindo a dor de ver sofrer um semelhante, a recitar as orações da hora suprema. Os pobres adoravam-no, e raro era o casal desprotegido da fortuna que não o escolhia para padrinho dos filhos.

Para as moças era um "Santo Antoninho onde te porei" e na noite de São João choviam as priminhas de voz melíflua[3] e olhares ternos a convidá-lo para passar a fogueira.

---

2 leito pequeno
3 melosa

Ele, que não era perfeito, porque neste vale de lágrimas todos temos as nossas fraquezas, tinha o fraco de borboletear e conjugava sempre o verbo amar por mera brincadeira.

Contavam que uma moça filha de um amazonista tivera por ele uma forte paixão e assaltara-lhe o coração por todos os modos, sem colher o mínimo resultado e contentando-se a ser, depois de muitos suspiros, e quiçá de muitas lágrimas, uma simples priminha de fogueira como as outras.

A irmã do Vigário manifestara-se também como assaltante de seu coração e era bem bonita ela, com uma cor tentadora de jambo e uns cabelos negros a emoldurarem-lhe o rosto gentil.

Bateu igualmente em retirada, e depois dela muitas outras fizeram as mesmas tentativas e sempre com um resultado negativo.

Não perdiam, entretanto, as esperanças, e quando o Chiquinho com o livro do mês mariano debaixo do braço entrou naquela bonita tarde de maio na capela para rezar os exercícios do 10º dia, mais de um suspiro se levantou e muitos olhares fizeram dele o alvo de suas setas.

Ele cumprimentou as que estavam à porta principal com um sorriso que mostrava-lhe serem agradáveis aqueles sinais de estima e entrando respeitosamente na asseada igrejinha foi ajoelhar junto da cômoda, onde se guardavam os paramentos sacerdotais. Um silêncio respeitoso e ungido de fé estabeleceu-se de pronto. Cessaram os cochichos, as cantoras subiram ao coro, e minutos mais tarde às últimas vibrações do sino, ressoavam vozes de uma frescura deliciosa, sem atavios de arte, simples e harmoniosas como garganteios de ave pelas ramarias frondentes, e o Chiquinho, já defronte do altar-mor rezava com voz cheia, de um timbre varonil o “Vinde, Espírito Santo”.

Quando terminada a ladainha foi ler o ato para antes da meditação levantou-se um sussurro entre o povo feminino e foi preciso que um *psiu* meio severo quebrasse aquele rumor intempestivo. O que se passara de extraordinário?

Chegara no trem das 6h45 a família do coronel Pedrosa que viera pedir ao clima do campo o restabelecimento completo de uma de suas diletas filhas, a Nazareth, a quem o médico prescrevera mudança de clima pela anemia que ainda apresentava, convalescente uma febre prolongada.

As três moças, ao saltarem do trem, vendo os preparativos da novena correram mesmo de guarda-pó à capelinha, e com a maior sem cerimônia, as duas mais velhas, afetando ares de pracianas[4], que não fazem caso de roceiros, foram se aboletando nos degraus, bem junto do celebrante que, um tanto enfiado[5], mudou a entonação da voz e mastigou mais de uma vez as palavras do Ato para depois da meditação.

Eram bem bonitas as recém-vindas e tinham esse chique especial que distingue a cearense, mesmo trajada com um modesto vestidinho de chita.

Faço justiça a minhas patrícias dizendo que possuem no olhar, nos gestos, no modo de andar uma graça que as torna superiores a muitas moças de outros Estados que frequentam casas de modas e não tiram das mãos os jornais ilustrados.

---

4 quem vive na cidade
5 encabulado

Não se cansavam as devotas do lugar de examinar as pracianas, e desde o penteado feito com um certo exagero até a grega que enfeitava o abainhado das saias, tudo foi submetido à mais rigorosa análise.

Diziam baixinho: "Qual delas será a tisica?" "Deve ser a mais magra e a mais triste." "Vejam como está apertada! Aquele espartilho é que a mata."

Terminou a novena e o Chiquinho que sorrateiramente estivera observando as moças levantara-se.

Saiu o povo, o sacristão apagou as velas e em breve a monotonia habitual dos pequenos povoados substituiu os instantes festivos que se tinham passado com a rapidez própria das horas felizes da vida.

As últimas vibrações do sino perderam-se ao longe, enquanto a lua emergindo no céu azul banhava a terra em uma doce e poética claridade.

II

Ficava por traz da estação a casa que ia residir temporariamente o coronel Pedrosa com a família. Grande, porém mal dividida, não acomodava bem os moradores e o compartimento mais simpático e que oferecia melhor abrigo à uma moça nas condições de Nazareth, a filha convalescente do coronel, era um cujas janelas davam para o lado da Estrada da Redenção.

Aí passava ela grande parte da manhã a olhar o horizonte onde se recortavam os perfis das serras e que apresentava uma perspectiva magnifica com os verdes canaviais e as plantações dos sítios a margem do rio desenhando-se ao longe. Abstraída em seus devaneios de doente, pensando que há poucos meses achava-se forte, capaz de acompanhar as irmãs no seu viver de sociedade indo com elas às reuniões, aos teatros e à avenida, conquistando aplausos, porque realmente era bela e destacava-se dentre as outras pela veludez de seus olhos, de um negro duvidoso, e pela gentileza de seu sorriso que tentava os corações mais refratários às expansões de afeto deixava-se embalar pela suavidade das recordações.

Era uma criatura privilegiada, tinha uma alma de eleição sempre disposta à bondade, procurando ensejo para derramar consolações no sofrimento alheio. Chorava pelos outros, sentia pelas crianças infelizes uma ternura especial. As outras chamavam-na de irmã de caridade e ela era realmente digna desse título quando sentava ao colo um pequerrucho que a desgraça orfanara bem cedo e cobria de beijos suas facezinhas esmaecidas onde timidamente apareciam sorrisos que se acentuavam à tepidez daquelas carícias nascidas ao influxo da caridade.

Quando a moléstia atingiu-a, pesou sobre a casa uma tristeza de morte, um pressentimento negro de fatalidade, e o pai que a idolatrava, ainda mais depois da morte da esposa, curtiu longas torturas em noites de insônia, julgando perder a mais bela esperança de sua vida.

Todos os cuidados foram empregados para que não se realizasse a previsão do médico e era contando ao menos dilatar-lhe a existência que tinham abandonado a capital e iam sujeitar-se à vida insípida do campo. Nazareth, desde que chegara, apresentava algumas melhoras. Fora aos exercícios do mês mariano, visitara a estação, passeara até a ponte, e a não ser a tossezinha pertinaz que a enfraquecia, teria inspirado alguma esperança de pronto restabelecimento.

Acompanhava as irmãs nos passeios higiênicos pela manhã até o rio e, conquanto tivesse receio do banho frio, não deixava de molhar o rosto e aprazia-se em brincar na areia como uma menina despreocupada e travessa.

Voltavam-lhe nessas ocasiões as cores rosadas, o sorriso dos bons tempos enflorava-lhe os lábios, e era realmente lindo o amorenado de seu rosto purpureando-se com o exercício estouvado e infantil.

Sentia-se bem, longe daquele bulício da cidade.

Sempre tivera uma grande predileção pela vida obscura dos lugares pequenos.

A existência de febre em meio de prazeres que, à força de se repetirem, acabam por enfastiar causava-lhe tédio. Admirava-se quando lia romances, do meio entontecedor das grandes capitais.

Revoltava-se com aquelas noites de loucura passadas na Ópera de Paris, nos restaurantes, em que a saúde dos moços se arruína e a falta de repouso acarreta consequências funestas para o vigor físico e o bom humor. Era tão feliz o casal rústico morando em uma casinha perdida na folhagem, perto de um regato[6] murmurante que lhes trazia agradável frescura e onde os pássaros em doce revoada, vinham dessedentar-se[7] nas horas de calor!

Parece que no isolamento os corações se compreendem melhor, pois que o hábito do mundo extremamente corrompido, cresta quase sempre a flor das afeições no seu pleno desenvolvimento.

Lera aos 13 anos *Paulo e Virginia*[8] e guardara no íntimo do coração a fragrância virginal daquele poema

6 córrego
7 matar a sede
8 referência ao livro escrito por Bernardin de Saint-Pierre (1737-1814) escritor e botânico francês.

que imortalizou o amor ingênuo de duas crianças feridas rudemente pelos golpes do mais cego e implacável destino.

Nas suas longas horas de insônia, ou nos acessos de fraqueza que a prostravam num atordoamento de modorra recordava os menores detalhes das cenas passadas entre as crianças que se tinham identificado a ponto de uma não poder passar sem a outra, e imaginava que no lugar de Virginia não teria embarcado, ausentando-se do seu companheiro de infância. Chorara tanto ao desenlace daquele idílio infantil e apostrofara a tia inoportuna que cortara a ventura da doce amiguinha de Paulo.

A doença arrancando-a aos prazeres da capital atirara-a à tranquila existência do campo e no seu espírito fazia-se uma grande calma. Esquecera-se de tomar os remédios, sentia-se tonificar ao influxo daquele ar livre que lhe levava aos pulmões o puro oxigênio, de que era tão escasso o ambiente da praça. Projetou naquele dia ir visitar um doente de que lhe haviam falado na véspera. Era uma velhinha que se finava consumida pela cruel tuberculose. Sentia um desejo ardente de suavizar o sofrimento da pobre criatura, que devia ter começado como o seu, levando-lhe um pouco de conforto, ela que às vezes tinha tanta necessidade de consolação. Convidou as irmãs e à tardinha foram as três do outro lado do rio à casinha da doente. Ela, inspirada pela generosidade de seu coração angélico, levava uma caixa de passas e uma garrafa de vinho do Porto, e ligeira como se estivesse boa caminhava adiante apressada para chegar e levar seu auxílio à família da mísera enferma. À porta do casebre estacou admirada. Era uma miséria que transparecia na própria fisionomia dos moradores.

Parecia que ali só existiam ruinas, só havia coisas que se desmoronavam. Um cheiro ativo de hortelã tresandava, e a humidade sentia-se no solo desigual e nas paredes onde o cupim passara deixando o rastilho denunciador. Como se podia viver sem a menor comodidade, exposto às correntes de ar, naquele quarto escuro onde a morte encontrava elementos os mais favoráveis para executar sua missão destruidora? Sentiu uma compaixão indefinível apoderar-se dela, e enquanto as outras recuavam receosas, ela penetrou ousadamente no quarto infecto, perguntou pelo estado da doente, tornou-lhe o pulso e não pode reprimir um movimento de surpresa ouvindo uma voz que partira de um ponto para onde não olhara ainda.

– Então, acha que ela tem febre?

Conheceu a pessoa que lhe dirigira a pergunta e o som daquela voz cheia que tinha um encanto inexprimível ressoou-lhe agradavelmente aos ouvidos.

– Sim ela tem febre – respondeu. E seus olhos que se tinham levantado para observar o moço baixaram-se meio envergonhados, porque o olhar dele lhe fora direitinho ao coração.

Como explicar a emoção súbita que lhe causara aquele olhar?

E, no entanto, era bem simples o gesto do moço e fora com o mais visível acanhamento que ele formulara a pergunta acerca do estado febril da doente.

Nazareth sentiu acerejarem-se-lhe as faces empalidecidas, recordando o dia em que chegara ao povoado e fora assistir aos exercícios na capelinha branca, cujas janelas verdes já desbotadas pela ação do tempo pareciam receber com alegria o ar vivificantes dos matagais em flor. Vieram-lhe rapidamente ao espírito as versões que corriam acerca do rapaz; sua caridade, seus bons costumes, o ascendente que exercia sobre os habitantes do povoado, envolveram-no ao seu olhar como em uma espécie de aureola e achou-o muito superior aos janotas da cidade, ridiculamente enfatuados nos seus uniformes custosos, com pretensões a agradar pela forma de dar o laço na gravata e colocar ao peito uma orquídea meio desabrochada. Este possuía a tez crestada pelo sol do campo, as mãos eram calejadas pelo trabalho grosseiro; mas que expressão de bondade não se lia nos seus olhos! Quantos benefícios espalhava a mãos cheias pelos pobres e desvalidos! O pensamento da moça estabelecia comparação e trouxe-lhe a conclusão de que neste mundo o tesouro mais sólido, a recomendação mais preciosa é um caráter honesto e uma consciência sem mancha.

Demorou um pouco a visita, e ao sair, entre palavras de animação prometeu voltar. Daí em diante ia quase sempre visitar a doente e raríssimas vezes deixou de encontrar o Chiquinho no casebre da pobre.

Estabelecera-se uma espécie de intimidade respeitosa entre os dois. À força de se verem quase todos os dias acabaram por desejar entreter relações mais estreitas, e assim o Chiquinho falou que tinha uma irmã mesma idade da Nazareth, esta perguntou-lhe meigamente:

– Por que já não levou-a lá em casa?

Quando a enferma chegou aos últimos momentos os dois jovens, já unidos por uma inexpiável simpatia, suavizaram-lhe a agonia e foram os dedinhos transparentes da caritativa moça que lhe cerraram as pálpebras, enquanto as filhas soltavam gritos de desespero vendo-se agora completamente desamparadas naquele casebre que se deteriorava como as derradeiras esperanças de ventura que a morte viera bruscamente interromper.

III

Melhorava sensivelmente a Nazareth. Desaparecera o fastio, fugira a insônia e, a não ser a palidez que ainda subsistia e uma tosse fraca ao menor esforço, julgá-la-iam completamente curada.

O médico que viera um domingo mostrara-se satisfeito e prescrevera um regime puramente higiênico. Voltara a alegria, acentuavam-se as esperanças e o coronel Pedrosa esfregando as mãos, gesto que lhe era habitual, quando estava satisfeito dizia:

– A mocidade e a ciência triunfaram da morte!

O que ele não podia prever era que o coração de sua filha estava ferido pelo dardo traiçoeiro do deus vendado e que em sua cabecinha romanesca germinava pela primeira vez uma ideia de amor. O Chiquinho levara a irmã à casa do coronel.

Morena, elegante, uns olhos aveludados e cheios de meiguice, um sorriso engraçado, a Loló conquistara as simpatias de todos. Um pouco tímida, mas tendo certo espírito no seu modo de responder por pequeninas frases, corando quando lhe dirigiam a palavra, não se mostrou desajeitada e falou com propósito sobre a maneira de viver do povoado sobre a festa do Padroeiro, que estava próxima, terminando por convidar as moças a angariarem donativos para o leilão da última noite. Era o período mais alegre que de tinham de passar.

Haveria muita animação, pois a novena devia ser de noiteiros[9] e era celebrada pelo vigário

A Julinha, a filha mais velha do coronel, prometeu bordar um porta-cartões para o leilão, a Elvira faria uns bolos e a Nazareth mandaria vir da capital uma prenda.

O Chiquinho lisonjeado pelo bom acolhimento dispensado à irmã conversava com uma naturalidade agradável e sorria de vez em quando ante a perspectiva de um São João animado, em que por certo teria ensejo de dar sorte, como nos anos anteriores. Desta vez, porém, as priminhas não o atraiam, e apenas um rostinho pálido ainda conservando uns vestígios de doença, um rostinho, onde refulgiam dois olhos incomparáveis fazia-o desejar a vinda da noite feliz.

Que mudança se operara nele! Andava alegre como se uma esperança de lisonjeiro futuro lhe alumiasse a alma. Até ali borboleteara ligando pouca importância às torturas que fazia sofrer, e se lhe diziam que alguma moça sofria por ele, achava isso bem absurdo e não lhe remordia a

---

9 aqueles que contribuem para o brilho das noites de novena durante as festas da igreja

consciência, porque afinal que culpa tinha de o quererem, se ele não se declarava? O caso, porém, mudava. Uma atração invencível, o quer que fosse que ele não podia explicar impelia-o a gostar da Nazareth. Ah! O coração tem exigências terríveis e aos 20 anos faz explosões de Vesúvio[10]! Compreendia que não lhe era indiferente: mas quem poderia afirmar que, prestando-lhe alguma atenção, ela obedecia somente a um capricho de coquetismo, querendo passar menos insípida aquela temporada no campo? Achava uma loucura julgar-se amado. Se bem que o amor pudesse nascer de um olhar, o tempo de suas relações era tão curto! E depois sentia-se amesquinhado diante dela! Com todo o seu aparato de boa educação o esmagava. Protestou afastar-se daquela casa; mas o coronel instara para que ele viesse passar os serões.

Que motivo apresentaria para justificar a sua ausência, depois de ter oferecido com tanta franqueza a sua amizade? Ser-lhe-ia bem custoso deixar de ir todas as noites à casa daquela que lhe perturbara o sossego e cuja convivência o fazia tão feliz. Poucas vezes ia à loja do Thomaz, o seu íntimo amigo, onde outrora passava horas esquecidas jogando a bisca ou palestrando descuidosamente. Outra qualquer distração aborrecia-o, achava insípidos os passeios à Redenção, aborrecidas as conversas das calçadas, e as tais priminhas que andavam a turinar-lhe aos ouvidos palavras meigas faziam-no nervoso e hipocondríaco. À noite, sim, tinha para ele irradiações de aurora. Esperava às 6h30 com uma ansiedade febril contando minutos, o coração parecia querer saltar-lhe o peito quando subia a calçada e a Nazareth que o esperava sempre de branco com um

10 vulcão localizado em na cidade de Nápoles, Itália

cachenez[11] cor do rosa dizia entre séria e risonha: "Tardou tanto! Queria deixar hoje papai enfastiar-se?"

Ela sim é que achava tristes, enormemente tristes as horas que estivera a esperá-lo, e já impaciente naquela noite fora a estação assistir a chegada do trem e convidara as outras a irem pagar a visita da Loló. Afinal ele chegara e, na sala onde as irmãs faziam crochê e o pai lia os últimos jornais, desprendiam os idílios de seu primeiro amor e como as flores que esperam o sereno da noite para desatar as pétalas expandiam os corações ao sentimento que os prendia, sem que uma só palavra mais terna tivesse sido proferida entre ambos.

No meio das frases indiferentes que intercalavam na conversação passava-lhes pelo espírito a ideia de uma separação próxima e calavam-se de súbito, ela brincando com as borlas do *cachenez* e ele antevendo um abismo que havia de surgir quando chegasse o momento de fazer as suas declarações.

11 do francês: cachecol

IV

Caía uma neblina fria e impertinente. O bonito azul do céu estava toldado de nuvens, o vento que soprava com mais força desfolhava as pobres florinhas, que tinham nascido tão viçosas e, como as melhores coisas da vida, haviam levado uma existência bem rápida.

Nazareth sentia-se um pouco indisposta, aparecera-lhe uma pontinha de febre, talvez devido à mudança de tempo, tossia de quando em quando, e um quebranto de fraqueza entorpecia-lhe o corpo.

Lia distraidamente um romance francês, do qual desejava traduzir certas passagens que diziam bem às condições em que se achava. Supunha-se a heroína do livro, uma moça corajosa que arrostava[12] com a vontade do pai para casar com um pintor que lhe conquistara

12 afrontava

inteiramente a alma. No lugar da protagonista teria feito o mesmo. Os pais não tinham o direito de opor-se às inclinações dos filhos, desde que visavam um fim legítimo. Era muito obediente, idolatrava o pai, mas se a sua felicidade dependesse de alguém que ele visse com maus olhos saberia reagir. Não era possível que a contrariassem. Habituada desde a infância a toda sorte de mimos só podia esperar a continuação desse carinho em que a haviam envolvido e que era como um manto agasalhador muito tépido e macio estendido continuamente sobre a sua fraqueza. Voltava-lhe a reflexão. Fazia mal em ler romances que lhe exaltavam a imaginação doentia. Para que havia de estar pensando em casamento? Convinha-lhe cuidar primeiro da saúde. E depois que ideal era o seu?

Um matuto que não sabia entrar em um salão, que não poderia ser apresentado na melhor roda sem provocar censuras e ironias. Como haviam de escarnecer-lhe o mau gosto! Devia acabar aquele idílio que em má hora começara. Desgostar o seu paizinho tão bom, tão carinhoso para desposar um roceiro que mal conhecia, sacrificara sua mocidade a uma quimera de momento, matar o futuro que lhe acenava em horizontes bem róseos, trocara vida alegre das senhoras de bom-tom pela rude existência de mulher de um camponês! Envergonhava-se de que o seu espírito romanesco a tivesse levado tão longe. O ideal de uma existência a dois, longe dos rumores do mundo, numa casinha perdida entre a verdura dos prados era belo, mas muito inexequível para uma moça nas suas condições.

Pensava em tudo isso e uns arrepios de febre passaram-lhe pela epiderme. Deram 6h30. Uma voz ouviu-se no limiar:

– Dão licença?

E o Chiquinho como mesmo ar prazenteiro de quem se desvanece de uma honra que lhe é concedida, entrou na sala. Sentiu logo à primeira vista que a Nazareth não estava boa, ouviu-lhe a tossezinha fraca, a respiração embaraçada, o olhar incerto. Vexado, entristecido de repente perdeu a graça que lhe era habitual e antes de 8 horas saiu dizendo que uma de suas tias viera de fora com a filha passar uns dias em casa e ele tinha necessidade de ir mais cedo. Uma prima! A Nazareth de repente enciumara-se! Amava-o então?! Caiam por terra todas as objeções que estivera a fazer há pouco, desfazia-se a camada de gelo que ela superpusera ao ardo febril de seu coração, já não pensava no grande afeto do pai, no desdém das irmãs, no veredito da sociedade. Pensava somente naquela prima que viera intempestivamente, como a apresentar-se e a impor-se.

Seria talvez bonita! Há tantas criaturinhas belas nestes povoados pequenos e devia ser forte e sadia, ela que não respirara os ares perniciosos da cidade e tinha o sangue enriquecido de glóbulos vermelhos, enquanto o seu depauperava-se e convertia-se em linfa.

Julgavam-na tísica. Ouvira muitas vezes quando passava cochicharem e lamentarem-na baixinho:

"Pobre moça! Está no último grão!"

Tudo isto lhe causava um mal-estar inexplicável e a ideia da morte lhe roçava a imaginação como um descanso a que tinha direito depois de tanto sofrimento. Pensou que eram bem felizes as moças que morriam em plena exuberância de juventude e iam coroadas de flores de laranjeiras em um caixão azul enfeitado de cravos e jasmins dormir o último sono em um lugarzinho ridente do cemitério, onde as aves gorjeavam e as borboletas voejavam sedentas do aroma das flores. Achara o Chiquinho antipático naquela noite.

A auréola de poesia que o circundara já não refulgia em torno de sua fronte.

Era um homem com os outros, tendo além disso o desprestígio da vulgaridade. Acabaria por aborrecê-lo, e no dia seguinte quando ele viesse com o ar sonso que não deixava transparecer o menor vislumbre de galanteio nem lhe concederia a honra de recebê-lo. Era digno da tal prima. Tinham nascido um para o outro. Seria um rebaixamento para ela cair na asneira de apaixonar-se. Sua natureza leal revoltava-se, contra aqueles ímpetos do coração. Sentia-se, porém, triste tomando resolução de mostrar-se reservada para com o Chiquinho. De que o acusava? É verdade que os olhos dele tinham cintilações que irrompiam do incêndio que lhe lavrava surdamente a alma; mas os lábios nada tinham dito ainda. Era uma criança pensando naquelas tolices. Em breve regressaria à capital e tudo estaria acabado. Se lhe voltasse a saúde poderia passear, espairecer o espírito nos passeios em casa das amigas, no sossego das naves silenciosas dos templos, ao longo da praia vendo o movimento incessante das ondas. Ia cuidar seriamente de melhoras para o seu organismo depauperado. Recomeçaria a usar os remédios, voltaria aos seus hábitos de caridade, tornaria a ser a criança descuidosa e feliz, a quem nem a própria moléstia causava grande inquietação.

Deitou-se mais cedo. Continuava a neblina e uma rajada de vento úmido levantava-se no silêncio da noite tornando mais imperiosa a necessidade do agasalho. Não conseguiu dormir, a cama tinha espinhos que a magoavam, pesadelos acometiam-na em sacudidelas bruscas, uma sensação estranha invadia-a do estômago para a garganta, experimentou uma tensão fortíssima nos nervos, e pela madrugada as irmãs despertaram assustadas ouvindo-a gritar e estrebuchar fortemente num ataque de nervos que bem podia ser o prelúdio da moléstia que faz tantas vítimas entre as moças e que se manifesta sob tão extravagantes e variadas formas: o histerismo...

O coronel Pedrosa mandou vir o médico. Conversaram ambos muito tempo. Ao terminar a conversa o médico dizia a meia voz, como se estivesse falando consigo mesmo:

– Essas moças românticas curam-se mais depressa com banhos de igreja do que com todos os preparados terapêuticos que eu possa receitar.

Uns amores viriam muito a propósito para curar a Nazareth daquele abatimento que a definha. Será bom aconselhar o coronel a que trate de arranjar-lhe um noivo.

V

Passou a crise. Nazareth melhorou consideravelmente.

As alegres manhãs do junho trouxeram-lhe ensejo de dar longos passeios através das estradas, onde o bamburral viçoso soltava o cheiro agreste.

Estava corada, já não tossia, passara a fadiga que a invadia ao mais leve esforço. O médico declarou-a livre de perigo.

A prima do Chiquinho voltara à fazenda e, depois de vê-la acalmara-se o ciúme Nazareth.

A moça era feia, magricela, picada de bexigas, de um acanhamento estúpido, não sabendo ligar duas ideias. Não era dali que lhe viria o mal. Sentia-o no seu próprio coração, pois tinha certeza do que seu pai não aprovaria sua escolha.

Falavam que brevemente chegaria do Rio o Arthur, um primo que se formara e que desde a infância lhe apresentavam como noivo.

Ela não ligara a menor importância a esse projeto e poucas vezes a imagem do primo lhe passava na imaginação. Era forte, simpático, cheio de espírito, um tanto zombeteiro e trocista; mas não lhe agradava. Fizera boa figura na Academia, onde conquistara louros, gabavam-no sempre, procuravam incutir-lhe na alma uma grande estima por ele, seu coração, porém, conservava-se indiferente, e depois que conhecia o Chiquinho, a simples ideia de que o primo voltaria no fim do ano entristecia-a. Tinha um bom pretexto para eximir-se à responsabilidade de um contrato de casamento: a sua má saúde. Em todo o caso, haviam de surgir insistências e cresceriam os obstáculos para que ela correspondesse confiadamente ao amor de Chiquinho. Se pudesse esquecê-lo! Todos os dias protestava[13] tratá-lo com rudeza, sair à hora que ele devia aparecer, mostrar-lhe que não fazia caso de sua visita; mas quando dava 6h30, olhava impaciente para o relógio e um minuto que passava contrariava-a e fazia-a nervosa. Que poder tinha o amor!

Não havia argumento a que não resistisse, lógica que não derrotasse. Até ali a existência se lhe deslisara pura e límpida como um arroio por entre margens cobertas de flores. Não pensara em trocá-la por outra: o afeto do pai e das irmãs enchia-a de inefável ventura, e de repente quando o seu organismo enfraquecido pela doença pedia repouso, um olhar do Chiquinho havia transtornado tudo. Até ali dominara-se diante das irmãs, ciosa de seu segredo, na timidez de que a ridicularizassem; convencia-se da desigualdade de posições entre ela e o Chiquinho,

13 jurava

avaliava o desejo que o pai tinha de assegurar-lhe um futuro esplêndido dando-lhe um esposo que lhe franqueasse brilhante entrada na sociedade.

Casar-se com um matuto! Se há dois meses atrás lhe tivessem prognosticado semelhante coisa ter-se-ia rido, sólida no desprezo que tinha pelos homens vulgares. Agora estava a prender-se sem querer, tentando fugir às malhas que a envolviam e que, parecendo frágeis, ofereciam uma resistência inesperada.

Vinham-lhe ímpetos de pedir ao pai que a levasse dali para o Quixadá, para outro lugar onde não lhe fosse possível ver o Chiquinho, ouvir falar dele. Ser-lhe-ia, contudo, preciso apresentar razões e bem penosa se tornaria a confissão daquele sentimento que a deliciava, mas que também a torturava num grande impulso de revolta e de vergonha.

Acordou um dia disposta a dar o golpe decisivo naquele amor que se enraizava. Sonhara a noite inteira com o Chiquinho vendo-o ao lado da prima que tinha a pele fresca, sem sinal de varíola, os olhos fascinantes e uma voz dulcifluamente encantadora. Depois do almoço falaria ao papai, já se sentia forte, não havia mais necessidade de prolongar sua estada naquele povoado insípido. Vinha-lhe a nostalgia da cidade que lhe aparecia com as suas ruas alinhadas, bem claras, onde passavam grupos desenfastiando-se dos pesares vida. Desejava ver de novo as avenidas e o vaivém dos *habitués* do passeio fazia-lhe saudades. Causar-lhe-ia bem o aturdimento, esqueceria no meio do bulício a imagem que persistia em acompanhá-la. Quanta incoerência! Amava os lugares ermos, silenciosos, calmos como até há bem pouco fora sua existência, e agora lamentava não estar em uma praça bem populosa, onde não faltasse movimento e de manhã à noite houvesse a mais delirante animação, o mais ardente frêmito de vida.

Fora bastante razoável até ali. Era tida como muito ajuizada e em situações difíceis quando se tratava de alguma questão de família pediam logo a sua opinião que era acatada.

Como mudara assim?!

Esperou o pai ao almoço para falar-lhe do próximo regresso, balbuciou palavras, ensaiou termos; mas quando ia formular o desejo de voltar à capital, lembrou-se do Chiquinho, recordou-se do sonho da véspera e entregou-se cegamente à vontade do destino que a impelia numa corrente fatal a gostar dele.

O pai estivera muito amável, e como se adivinhasse a procela[14] que lhe ia na alma falou-lhe com a maior ternura.

Conversaram sobre o que deviam fazer quando voltassem à cidade, construíram largos planos para o futuro.

O nome do sobrinho bacharel era entremeado de adjetivos encomiásticos[15].

– Se ouvisses como ele fala bem – dizia o coronel –, é um prodígio de oratória, e com que facilidade prepara um discurso. Fiquei pasmo um dia de ouvi-lo discorrer sobre a emancipação da mulher. É um grande apologista dos direitos de teu sexo e tem ideias muito originais sobre o papel que a mulher há de representar quando compreender bem os seus deveres.

Ela escutara-o distraída, pensando na visita que fizera à velha doente, em cuja casa vira pela primeira vez o Chiquinho.

14 agitação
15 elogiosos

O quarto mal alumiado por uma vela que ardia junto à imagem da Virgem sobre a mesinha carunchosa. Três moças a chorarem baixinho e a ressaltar desse quadro sombrio a figura do caridoso rapaz consolando aquelas tristezas e procurando dar um lenitivo às angústias que desolavam os habitantes daquele lar em ruínas.

Jamais esqueceria o olhar que ele lhe lançara a medo, como a pedir-lhe desculpa pela ousadia de olhá-la de frente. Fora a timidez que mostrara que mais a fascinara. Defronte do pai, a mordicar o pedúnculo de uma rosa que trouxera ao cabelo, corando e empalidecendo a alternativa de medo e esperança, depois de ouvir-lhe a arenga encomiástica com referência ao primo, disse pausadamente desfolhando a flor:

– Apesar de tudo isso eu não acho o Arthur simpático.

– E não gostarias de ser sua mulher?

– Deus me livre de tal.

Fora bem enérgico o gesto de repulsa com que ela acompanhou esta frase.

O coronel ficou desorientado e talvez a suspeita de um amor nascente lhe surgisse ao espírito, porque respondeu.

– Hás de mudar de opinião quando vires o rapaz. Nada de precipitarmos os acontecimentos. Eu sou de opinião que o casamento e mortalha no céu se talham.

VI

Sim! Devia ser um axioma o que o pai lhe dissera ultimando a conversa. "O casamento e a mortalha no céu se talham".

Uma atração irresistível impelia-a fatalmente para o Chiquinho.

Era inútil lutar. A corrente do afeto arrastava-a impetuosamente para o lado dele. O amor paterno, que até ali a escudara, garantindo-a dos assaltos do coração, ia ser preterido. É assim a natureza.

A avezita prende-se ao ninho enquanto lhe são necessários o conchego materno e a alimentação que lhe traz no bico a mãe solícita; mas logo que pode devassar o ar, distende as asinhas que acabaram de emplumar e voa feliz por lhe ser dado ir algures, num galho verdejante entoar o epitalâmio[16] de seus amores, realizar o noivado que há de

16 canto

ensinar-lhe a harmonia suave do primeiro idílio, cantado à luz do sol, por entre as ramarias florescentes, sob os jasmineiros em botão.

Nazareth começava a sentir o desejo de desprender o voo. Já o afeto paterno não bastava à sua felicidade. Desde os 8 anos, idade em que perdera sua mãe, vivera refugiada naquele seio amigo que lhe dava o bálsamo nos momentos de aflição e lhe tornava a existência uma aurora de venturas.

Sentia mais fundas as saudades da infância. Via-se pequena, rodeada de mimos, beijada e acariciada de vez em quando. A imagem de sua mãe emoldurada em um nimbo refulgente desenhava-se-lhe nitidamente no espírito.

Se ela fosse viva dir-lhe-ia tudo, abrir-lhe-ia o coração na expansão de uma confidência completa.

Com o pai não se animava tanto. E sob essas recordações do tempo ditoso que não mais voltaria, guardando nos recessos da alma o segredo de seu amor, reservada para com as irmãs que a observavam secretamente, calando-se com prudência foi passando o tempo até que dezembro chegou e uma bela manhã o telegrama de que o Arthur chegaria no dia seguinte pôs toda a casa em alvoroço.

Elvira e Julinha andavam numa azafama enorme preparando uma recepção condigna do novo bacharel. Viraram e reviraram o povoado em todas as direções à procura de ovos, fizeram encomendas para a cidade, trataram de obter flores.

A casa apresentou um aspecto de festa. Foram colocadas cortinas nas portas, enfeitaram a sala com bandeirinhas e festões.

O próprio tapete foi desenrolado e colocado ao pé do sofá.

– Parece que vamos esperar um noivo – dizia a Julinha, sorrindo maliciosa.

– E quem nos diz que breve não desabrocharão entre nós flores de laranjeira – retorquia Elvira, olhando intencionalmente para Nazareth. Esta, completamente abstraída, fazia flores de papel.

O casal de canários que lhe dera a irmã do Chiquinho cantava na gaiola, e ela acompanhando de vez em quando com o olhar distraído as evoluções das avezinhas, pensava que ia dentro em breve desaparecer o sossego de sua alma e que a próxima vinda do primo daria novo curso à sua existência.

Percebia os gracejos das irmãs, iam agora apoquentá-la com projetos de casamento. Cessaria o doce período de seu enlevo. A hora tranquila em que recebia a visita do Chiquinho não se reproduziria mais e assim que o primo chegasse com aquele gênio de troçar de tudo, descobriria o sentimento que a prendia ao moço e ridicularizaria sua inclinação. Não podiam agora tratar de casamento.

Os recursos do Chiquinho eram muito limitados e depois ele sabia que o coronel não consentiria.

Gostava dele para parceiro de jogo; mas para genro achava-o medíocre.

Ele tinha um bocado de orgulho e não se rebaixaria. Aguardando o futuro encorajava-se no amor de Nazareth que conhecia e que não podia mais esconder aos olhos de muita gente.

Com a próxima chegada do primo bacharel entristeceu-se. Ouvira em casa falarem dos projetos de noivado e adivinhou que ele escolheria a mais gentil, a mais prendada das três, aquela que lhe revolucionara a alma e o subjugara a um simples gesto de carinho. A luta era desigual. Ficar-lhe-ia bem fugir, ausentar-se aos poucos, esmagando suas esperanças destruindo de uma vez seus planos e casamento? Sondaria o terreno, e se visse que a Nazareth fraquejava teria coragem de romper essas relações e esquecê-la-ia.

Chegou o dia. O bacharel foi recebido pelas primas Elvira e Julia com a mais franca cordialidade. Abraçou-as como se elas fossem suas irmãs, mas ao ver a Nazareth ligeiramente corada, muito linda no seu gesto de reserva, com uns longes de desconfiança que mais faziam sobressair suas feições graciosas, estacou perplexo.

Quis abrir os braços; mas um clarão desusado obumbrou-lhe[17] a vista. Uns cabelos alourados em frisos naturais tornaram-no tímido, a ele, o galã da corte, que desembaraçadamente penetrava nos camarins das atrizes e nos *boudoirs* das damas aristocráticas mal pode estender a mão à prima e dizer-lhe com a voz comovida:

– Mas que mudança! Como está linda! É uma cearense que honra sua terra!

Depois de alguns momentos seguiu-se o almoço.

O bacharel só teve olhos para a priminha mais nova: "Nem parecia ter estado doente. – dizia – Que bonita cor lhe roseava as faces! Que nova seiva de vida e saúde lhe alentava o organismo!"

Não havia nada comparável à mocidade. E que bom era o ar do campo! No Rio a gente respirava um ambiente impregnado de micróbios, asfixiava-se na atmosfera das ruas estreitas, onde a multidão se acotovelava. Depois as noites passadas em claro, nos teatros, nos cafés-concertos, nos lugares de divertimento estragavam a organização mais robusta.

---

17 eclipsou-lhe

Ele pretendia demorar-se alguns dias no povoado. O aspecto de suas casinhas mal alinhadas formando irregularmente uma praça agradara-lhe. A companhia das primas compensá-lo-ia da monotonia a que se ia sujeitar. E com um olhar terno contemplando Nazareth que se ruborizava perguntava-lhe:

– Incomodo-a, minha prima? Sou de ordinário falador e quando me tornar cacete[18] diga-o com franqueza.

À tarde depois do jantar foram passear.

A presença do Arthur pusera de alarma a curiosidade dos ociosos. Uns achavam-no antipático com o seu ar zombeteiro, outros simpatizavam-no e atribuíam ao desembaraço de praciano aquele eterno sorriso que lhe pairava nos lábios. Foram até a casa da velhinha a quem a Nazareth cerrara os olhos. As filhas estavam a fazer renda e a mais nova trabalhava em crochê.

– Ah! É o senhor doutor.

E vexadas queriam armar a única rede lavada que havia no casebre. Desenrolaram mil lamúrias. Viviam agora de trabalhar de manhã à noite, pois o irmão que embarcara para o Norte ainda não dera notícias.

– Se não fosse esta moça – e designavam a Nazareth –, ainda pior seria. Ela todas as semanas nos envia às sextas-feiras uma boa esmola.

– Além de bela, santa – dizia meio sério o bacharel de volta do passeio. – Mui feliz será o mortal que merecer o seu amor, prima.

18 maçante

VII

Quiseram festejar a chegada do doutor com uma dança, para a qual foi convidado o Chiquinho com a família, o agente da estação telegrafista, as manas do Silvino, o maior comerciante do povoado, e mais uma família que visitava as pracianas uma vez por outra.

Chamaram um tocador de harmônica e o bacharel, tendo acolhido com entusiasmo a ideia do festejo que lhe iam oferecer mostrou-se muito expansivo e cada vez mais gracejador.

Abriu a dança com uma valsa escolhendo para seu par a Loló. O Chiquinho estava retraído. Uma sombra de melancolia velava-lhe o semblante.

Adivinhou no Arthur um rival e teve medo de vê-lo triunfante a esmagá-lo com um olhar de desprezo. Procurou a Nazareth e um sorriso dela animou-o. Oh! Como a achou bela com a sua toalete de musselina branca, onde se destacavam uns lacinhos azuis! Os cabelos frisados erguidos e adornados com um botão de rosa-amélia formavam uma aureola de beleza e graça e de toda aquela simplicidade adorável emanava um encanto que prendia o coração mais avesso às manifestações de ternura.

Sobressaia entre as outras com uma elegância natural que despreza os atavios[19] e não precisa dos requintes da vaidade para exibir-se vantajosamente. O Chiquinho contemplando-a em silêncio entristecia-se. O tal bacharel ia abrir um parêntesis às deliciosas palestras, ia interpor-se entre ele e a eleita de sua alma, e ela era mulher, portanto, fácil de variar, sobretudo nas condições vantajosas que lhe traria o enlace com o primo.

Buscou um pretexto para falar-lhe mais desafogadamente e sabendo que ela ainda não valsava receando tonturas, pediu-lhe a honra de uma quadrilha.

– Dançaremos a segunda, quer? – disse-lhe ela pondo a descoberto os dentinhos ebúrneos[20] no mais angélico dos sorrisos.

A segunda quadrilha é a dos namorados e isso equivalia a uma confissão. O Chiquinho cambaleou de alegria; mas de repente sentiu se apoderado de uma raiva inexprimível ouvindo o Arthur, que se achegara a Nazareth, dizer-lhe com o desembaraço que somente a corte entre noivos pode autorizar.

– Prima, você andou levianamente concedendo àquele rapaz a segunda quadrilha.

Ela mordeu os lábios.

---

19 ornamentos
20 de marfim

– Andei levianamente por quê? – tornou ela surpresa.

– Não sabe que é dos que se amam a segunda quadrilha?

– Eu, como não amo ninguém, posso dançá-la com quem quiser.

– Reflita, prima, e desligue-se do compromisso.

– Eu só tenho uma palavra.

Admirado da acentuação enérgica com que Nazareth proferira esta última frase, Arthur, prático no traquejo da sociedade e, portanto, apto para conhecer o segredo de um coração ainda puro e que a hipocrisia não contaminara, viu de repente levantar-se um obstáculo à realização dos seus projetos. Desde que vira a Nazareth no esplendor de uma formosura que a convalescença poetizara, amara-a e sentia que a afeição que ela lhe podia dispensar não era suficiente para torná-lo feliz.

O que o coronel Pedrosa e as filhas não tinham descoberto ele via perfeitamente por uma intuição que o ciúme nascente tornava ainda mais viva.

A Nazareth amava o matutinho! Romântica por natureza procurara aquele idílio para amenizar as horas de insipidez que devia passar longe do bulício da cidade. Eram assim as mulheres. Não faziam questão de escolha. O primeiro que aparecia com palavras de sedução enfeitiçava-as. Ele não havia de consentir que aqueles amores se desenvolvessem. Obstá-los-ia, e se fosse preciso lutar estaria pronto para tudo. O ciúme dava-lhe forças. Acompanhou com olhar febril as evoluções da quadrilha que a Nazareth concedera ao Chiquinho e, no fim, dando vazão ao despeito que lhe fermentava na alma, debicou[21] com as primas o

21 ironizou

matuto, desenvolveu todo o espírito de troça que o animava e levou-o a um ridículo horroroso.

Nazareth percebeu o jogo do primo, avaliou o vexame do Chiquinho e compadecida de ser ela a causadora dele pediu-lhe que desculpasse os gracejos um tanto pesados do Arthur.

– É gênio. – dizia ela – Está sempre a levar tudo ao ridículo.

Ao terminar a dança, quando penetrou no quarto, invadiu-a uma tristeza imensa.

Ouvindo as irmãs falarem baixinho compreendeu que zombavam dela e deveras aborrecida desatou a chorar em uma das crises nervosas que a assaltavam depois da noite em que tivera a primeira ameaça do ataque histérico.

O primo entrava como uma asa negra a perturbar a limpidez do céu de suas esperanças. Começou a aborrecê-lo.

VIII

Na sala da esquerda, onde de ordinário o coronel Pedrosa jogava longas partidas de gamão com o sobrinho, o candieiro bruxuleava ao sopro do vento e, em tom confidencial, eles conversavam às 11 horas da noite depois de ter saboreado o café com alguns biscoitos.

As moças tinham se recolhido cedo. Nazareth pretextara uma enxaqueca e as outras tinham dado um longo passeio e voltaram enfadadas.

Ouçamos o diálogo:

– Eu não o suspeitava e nem teria imaginado semelhante coisa.

– Pois eu gabo-me de bom fisiologista e posso afirmar-lhe, meu tio, que a prima está enamorada do rapaz.

– É possível que a Nazareth tão ajuizada, tão extremosa para comigo caia na asneira de se deixar levar como uma moçoila qualquer?! Vou interrogá-la e fica certo de que a conheço muito bem para afiançar-te que, se entre ela e o rapaz existir alguma inclinação, francamente me confessará.

– Meu tio confia assim nas mulheres?

– Minha filha tem um gênio excepcional e jamais proferirá uma mentira.

– Deus queira que desta vez ela seja sincera.

– O que me cumpre fazer se infelizmente ela está enamorada, eu o sei. Consentir em uma união que a rebaixe, nunca! Levá-la-ei por meios brandos porque nesses casos o rigor de nada serve e agrava mais a situação. Então se ela resistir, veremos. O amor às vezes transforma-se em rigor, e quando se trabalha para o bem daquele que procura um caminho errado, forçamos muitas vezes os impulsos do coração e nos revestimos com a couraça da severidade.

– Bem depressa evaporaram-se as minhas ilusões.

– Cumpre a ti fazer a conquista plena do coração de minha filha. Aquilo entre ela e o matuto é apenas uma simpatia passageira; viram-se um belo dia. Eu sei como essas coisas se passam. Um passeio no campo por uma manhã formosa, quando há flores em profusão e as aves gorjeiam, dispõe os moços às expansões do sentimento. Depois, coitadinha! O isolamento já enfastiava-a da capital e desde a morte de sua mãe é ela o meu ídolo e adivinho-lhe todas as vontades. Já vês que tenho a esperar dela uma boa retribuição e jamais a julgarei ingrata.

Em seguida ao diálogo foram descansar. O sono, porém, que é rebelde quando a imaginação excitada, fugiu-lhe das pálpebras e ambos levaram a revolver-se na rede sem dormirem até que às 4h30 da manhã levantaram-se e foram espertar o corpo do quebranto de insônia em um banho nas águas do rio que corria brandamente, encrespada na superfície pelas virações matinais, alagando os canaviais em uma abundância de curso, deslizando em linhas sinuosas por baixo da ponte, murmurejante e queixoso a acariciar as pedrinhas e os musgos.

À volta do banho, fitando a Nazareth que penteava os cabelos em frente ao espelho de toalete, disse-lhe o coronel:

– Quero falar contigo. Vamos passear.

Um estremecimento imperceptível agitou-lhe o corpo franzino. Esgarçara-se o véu que encobrira o doce segredo de seus amores. O pai sabia tudo. E fora o primo enciumado, cheio de despeito que a denunciara!

Preparou-se para a defesa. Ela herdara a altivez do gênio de sua mãe. Não se mancharia com uma mentira. Confessaria sem a menor hipocrisia o que lhe ia no íntimo. O primo andara muito erradamente apresentando-se com ares de Otelo. Ela havia de pedir-lhe explicações. Não tinha ainda falado de seu amor a Chiquinho e somente os olhos trocavam as confidências mútuas.

Recatada e modesta como uma verdadeira donzela cristã achava inconveniente um namoro sem o fito do casamento, e desde que se sentira afeiçoada deveras ao Chiquinho descansava naquela estima e deixava que os acontecimentos se sucedessem, porque confiava que Providência velaria por ela.

Não desgostaria o pai casando contra a vontade dele; mas também não se sacrificaria aceitando por marido um homem que não amasse. Estava sempre a ouvir falar dos graves inconvenientes de um casamento sem amor.

Uma colega sua que casara com um paroara[22] rico, fascinada pelas fulgurações do dinheiro que ele trouxera do

22 nordestino residente na Amazônia

Norte, depois de uns meses de horrorosa luta doméstica, voltara para a casa paterna. E, abandonada, vegetava tristemente sequestrada do mundo e arrastando pesadamente o fardo da vida. Em plena juventude, quando as alegrias e as esperanças podiam inebriá-la, definhava no seu papel de desprezada e nem podia reclamar o seu direito porque o marido se fora para longe e constava-lhe que iludira outra e com ela se casara civilmente. O que lhe quereria dizer o pai? Certamente ia falar-lhe no projeto tantas vezes discutido.

Refletiu muito tempo fingindo ler para disfarçar a preocupação e foi com um sorriso que respondeu à pergunta do coronel.

– Estás pronta?

– Sim, papai, já estava à sua espera.

Colocou um engraçado chapeuzinho de passeio, beijou ligeiramente as irmãs e dando o braço ao pai desceu a calçada, enquanto o primo à janela olhava distraidamente o horizonte e a silhueta das serras que se perdiam ao longe.

Durante o passeio, o coronel, com uma sutileza admirável, procurou sondar o coração da filha. Falou-lhe do Arthur, disse-lhe que ele manifestara francamente o desejo de casar com ela e que só dependia do seu consentimento realizar-se o enlace. Como lhe seria grato vê-los unidos! Tinha pelo Arthur quase a estima de um pai, apreciava o seu talento robusto e compreendia que ele era desses que chegam às mais altas posições sociais, pois contava com elementos poderosos para se salientar. Era um futuro de rosas que a Nazareth preparava para si casando-se com ele. Era melhor decidir-se logo, voltariam para a cidade, ela já estava forte, não havia mais necessidade de estar no isolamento daquela aldeia sem vida.

Além disto os matutos eram pretenciosos e maldizentes. Constava-lhe que comentavam a familiaridade dela com o Chiquinho e que este, animado pelo acolhimento delicado que lhe haviam feito, levantara as vistas até a esfera em que ela estava colocada.

A Nazareth indignou-se e, num acento nervoso, disse que o Arthur não passava de um intrigante reles e que queria impor-se usando meios muito baixos. Ela amava o Chiquinho? E se assim fosse haveria nisso um crime? Ele que guardasse o pergaminho e fosse especular para outros lados. Começara por antipatizá-lo e estava certa de que acabaria odiando-o. Lamentou não ser pobre e obscura. A felicidade penetrava às vezes nos lares mais desfavorecidos iluminando-os com um esplendor do paraíso.

O dinheiro e a posição eram estorvos à mocidade que, por entre a senda florida das ilusões, caminhava altiva desafinando os temporais da vida. O pai exigiu a confissão franca e de repente como ar severo do juiz que não é suscetível de indulgências perguntou:

– O teu coração está livre, minha filha?

Ela tornou-se rubra, um suspiro agitou-lhe e baixando os olhos disse:

– Não posso aceitar a proposta do primo, nunca hei de chegar a amá-lo!

IX

O Chiquinho tomara uma resolução extrema: ia embarcar para o Norte!

Consultara o coração e este lhe aconselhara que interpusesse entre ele e a Nazareth o abismo da ausência.

Fora cruel o sacrifício; mas o orgulho nobre de quem não se rebaixa inspirara-lhe um alvitre supremo. Na véspera da partida fora despedir-se do coronel e, no momento em que estendera a mão febril à Nazareth, dissera-lhe com a voz estrangulada:

– Reze por mim!

Ela sentira de súbito uma nuvem escurecer-lhe a vista, zumbiram-lhe os ouvidos, o nó da garganta comprimiu-lhe a respiração e, sem que ninguém pudesse sustê-la, caiu sem sentidos.

O pai alucinado, não calculando o que dizia, correu

em frenesi para o corpo inanimado da filha, beijando-a com lágrimas.

Em seguida olhou fixo para o Chiquinho que desorientado ficara extático na porta e bradou:

– Saia! Não sei que necessidade havia de vir despedir-se dela!

Ah! Como a filha o amava! Recalcara o seu segredo no íntimo da alma, mas diante da perspectiva a de uma separação torturante, vendo Chiquinho com a dor de ausentar-se dela, trêmulo e abatido, não se pudera conter e mais uma vez, dominada pelos nervos, deixara explodir o sentimento no grito que antecedera o desmaio.

Que terrível golpe para o Chiquinho! Via a mulher que até ali adorara em silêncio, com fervor apaixonado de quem ama pela primeira vez, desmaiada, pálida como um lírio emurchecido, e era para fugir aquele amor que se confirmara do modo mais enérgico que ele ia partir. Deixaria a terra da pátria, fugiria ao conchego da família, alancearia[23] de saudades o coração materno, despedaçaria o seu próprio; mas todo esse martírio era preferível a vê-la pertencer a outro e sentir o desprezo do pai a esmagá-lo.

Seria covarde fugindo o terreno, livre para que o seu rival triunfasse? Não!

A dignidade só lhe apresentava aquele caminho; era o mais honroso.

Se a Nazareth esperasse uma época propícia e constante se conservasse solteira, aguardando a vinda dele, ainda poderiam ser felizes, mas se ouvisse as seduções do primo e o esquecesse, então estaria tudo acabado!

23 torturaria

Longe da Pátria, exposto às intempéries de um clima insalubre, sujeito ao trabalho rude do seringueiro, gastaria a melhor quadra de sua existência, contanto que pudesse obter dinheiro, fazer-se impor pelo prestígio irresistível do ouro. Compreendia que a principal causa da repulsão que lhe tinha o pai de Nazareth era a sua pobreza.

Hoje, como os israelitas de outrora, os homens adoravam o bezerro de ouro e tudo ficava deslumbrado pelas fascinações da riqueza. Próprio gênio devia tragar humilhações amargas, curtir misérias ocultas, arrostar uma vida de privações porque, muito além das vívidas fulgurações da inteligência, brilhavam as cintilações de uma libra esterlina.

Ele estacara surpreso diante do gesto imperioso com que lhe haviam ordenado que saísse. Havia de sair de fronte erguida, porque jamais uma palavra desrespeitosa lhe irrompera dos lábios dirigindo-se àquela por quem se ia sacrificar. Não via outro alvitre a seguir.

Nunca mais ultrapassaria o limiar daquela casa de onde injustamente fora expulso. Com certeza que, assim mesmo pequeno e pobre, fazia sombra ao noivo que queriam impor à Nazareth.

No meio das indecisões e das tristezas que o dominavam uma alegria estonteante dava-lhe coragem e lenitivo. Era amado!

Sentia-o nos olhares, nos gestos, nos sorrisos da gentil moça e o seu desespero no momento da despedida mais pusera em evidência a grandeza desse amor que tinha todas as impetuosidades e todo o casto frescor da mocidade.

A fatalidade obrigava-o a partir quando a ventura desvendara um horizonte cor-de-rosa na retribuição do seu afeto, e lá bem longe, na solidão dos florestais amazônicos, sob o céu triste a despoetizado do exílio, havia de tragar até as fezes[24] o cálice do sofrimento.

Iria trabalhar buscando, no lidar sem tréguas, o antídoto ao veneno que de ora em diante lhe corrompia o organismo forte, matar-se-ia talvez no ardor da luta; mas que lhe importava a vida quando a estrela lucilante que o guiava deixaria de brilhar para ele?

Em certos momentos o ciúme desvairava-o e amaldiçoava o tal Arthur que fora enviado pelo inferno com todo o alarde de um pergaminho talvez mal adquirido a fim de matar os projetos de felicidade que arquitetara.

Chegou o dia da viagem. Com lágrimas que não podia suster abraçou sua mãe, sua irmã, os irmãos e partiu.

Foi a sua última despedida um olhar impregnado de saudades que foi encontrar no limiar da porta, pálida e abatida, a interessante jovem a agitar-lhe o lencinho branco, expressão sentida de um amor que aparta, adeus de dois corações que ansiavam por estreitar-se e que o destino inexorável desuniu.

O apito do trem perdendo-se nas quebradas do Boqueirão fez Nazareth irromper em soluços desesperados.

24 borra

X

Levanta o ferro o vapor.

E brandamente caminha sobre o dorso encrespado dos verdes mares cearenses.

Faz um luar belíssimo. A bordo divertem e se julgam felizes e aproveitam a doçura da noite para matar agradavelmente o tempo.

Ficaram atrás os coqueirais da praia. A graciosa princesa do norte desapareceu na extrema[25] do horizonte e diante do mar imenso que se confunde com o céu azul, todos os espíritos concentram-se pensando na majestade de Deus e nas tristezas do apartamento.

Houve muitas lágrimas na ocasião dos adeuses. Filhos que saiam pela primeira vez do teto paterno em procura dos meios de subsistência negados pelo solo cearense, tão

25 no ponto mais distante a vista pode alcançar

fértil, mas tão sujeito à crise das secas, pais de família que cansados de um trabalho estéril deixavam a esposa e os filhos e deslumbrados pela vertigem do ouro iam muitas vezes encontrar a morte nos focos miasmáticos do pântanos do norte, pobres rapazes que se vendiam a um patrão "consciencioso" que os seduzia com promessas falazes[26] de grandes proventos e quebravam todos os laços para se aventurarem a ganhar, no fim de tantos trabalhos, um mesquinho saldo que mal chegava para salvar a família de morrer de fome, enchiam o vapor, e enquanto as ondas soluçantes confundindo-se com o gemido das mães entoavam o poema eterno da dor oceânica, iam eles tratando de atordoar-se, de esquece pelo mar à fora.

O Chiquinho sofria o que não se pode descrever. Com a fronte encostada às mãos via passar como num sonho, a revoada de recordações.

Desde aquela tarde de maio, límpida cheia de harmonias e de perfumes agrestes até o momento horrível em que o pai de Nazareth o interpelara tão rudemente atirando-lhe em cheio o desprezo em que o envolvia, tudo se lhe gravava no espírito. Via-se tão longe, tão abandonado! Nem mais os afagos maternais davam-lhe a doçura balsâmica que tanto suaviza as agruras da vida. Só não tinha o desafogo da amizade. Eram estranhos os rostos que o fitavam, ninguém podia compartilhar da mágoa que o oprimia.

O luar em toda a refulgência de seu brilho dava-lhe ainda mais força à saudade. Que lhe importava a claridade da noite, se dentro em sua alma havia o trevor[27] dos abismos?

---

26 mentirosas
27 escuridão

Onde iria buscar alento para a luta em que se empenhara?

Quem nos momentos de desânimo o encorajaria?

Se não fosse o desejo que tinha de conquistar uma posição digna na sociedade, de habilitar-se pela posse do ouro a ter acesso na melhor roda, com certeza teria desanimado e voltaria na primeira oportunidade.

Mas havia de ir para diante, os obstáculos mais lhe acendrariam[28] a coragem. Quando, depois de 4 ou 5 anos voltasse ao Ceará traria as algibeiras recheadas e poderia enfrentar senhorilmente aqueles que hoje o menoscabavam[29].

Seria uma desforra em regra. Saboreava de antemão o prazer de se ver colocado bem alto, de lhe ser permitido dominar e impor-se a esses que constituíam a parte sã da sociedade e que em muitos casos poder-se-iam comparar aos fariseus hipócritas semelhantes, na frase de Cristo, a sepulcros branqueados por fora e no íntimo encerrando podridões.

Envolto com os cálculos interesseiros, com os projetos que lhe fervilhavam no cérebro inspirando-lhe audácias e assomos de ânimo nunca experimentados, aparecia-lhe de novo a imagem meiga e chorosa da Nazareth, via ainda uma vez agitar-se o lencinho branco – mensageiro do último adeus – ouvia o estertor de um soluço, e um grande remorso de haver perturbado a calma daquela existência virginal matava-lhe por instantes a energia.

Tornava-se de repente fraco, e à luz do luar que se espraiava sobre a imensidade das águas, ouvindo o gemer

---

28 sentido figurado: aperfeiçoariam

29 menosaprezavam

do oceano indômito chorava... chorava e arrependia-se de ter deixado a terra natal, matando em flor a mais bela esperança de sua vida.

XI

São passados seis meses.

Nazareth para quem a partida do Chiquinho fora um golpe cruel e que o acoimara[30] de fraco vendo-o ausentar-se sem lhe incutir uma esperança sólida, quis conservar-se no povoado.

As irmãs voltaram para a capital: ela, obstinou-se a permanecer ali no lugar onde conhecera o Chiquinho, e sem encontrar mais estímulos para dar desenvolvimento ao afeto que lhe consagrava, sem um lenitivo[31] que a consolasse nos momentos amargos da vida passava os dias a espalhar benefícios, tornando-se uma espécie de providência para os desventurados.

A todo o instante procuravam-na os pobres.

---

30 acusara

31 alívio

A Sra. Agueda – a decana das cegas – guiada pela netinha, uma morenita galante cujo ar brejeiro agradava mesmo com os vestidinhos maltrapilhos, tinha por ela uma predileção especial. As crianças órfãs encontravam em seus carinhos o conforto de que haviam mister, os doentes a enfermeira solícita e a farmacêutica caridosa que lhes dava remédios e os tratava como devotamento das irmãs de caridade, todos os que sofriam todos os que viviam desamparados sem família, sem um agasalho expostos aos revezes da existência mereciam dela uma consolação e uma esmola. E com que modéstia e recolhimento ela semeava os benefícios! Nem um vislumbre de ostentação, nem um desejo de atrair sobre si a atenção dos outros, Consolava as misérias alheias para consolar-se a si própria; sentia um inefável prazer em ver que podia ser útil aos desprotegidos da sorte, e tendo sido a caridade o elo que a prendia ao Chiquinho queria, exercendo sempre essa virtude, continuar a missão benéfica a que se impusera. Com o mesmo gesto angélico que tivera à cabeceira da moribunda, naquela tarde em que vira o Chiquinho enxugando o suor da agonia da pobre velhinha, ela aparecia a todo o momento e a sua presença era saudada com bençãos e sorrisos de alegria. Fazia-se como um clarão beatífico em torno de seu rosto gracilmente emoldurado por cabelos louros quando ela penetrava no tugúrio[32] da miséria, semelhante a um querubim cuja missão na terra fosse suavizar as dores e derramar um bálsamo nos corações ulcerados. O céu para compensá-la, talvez da mágoa que a pungia com a derrocada de suas ilusões de moça, fortalecera-lhe a saúde e dera-lhe coragem para arrostar a vida de sacrifícios de

32 refúgio

uma verdadeira filha de caridade, exposta ao contato do mundo e por isso mais sublime na sua abnegação.

Por vezes lhe vinha a ideia de abandonar de uma vez as pompas da existência e votar-se completamente ao bem dos outros; mas não se sentia com verdadeira vocação e, diante de uma imagem da virgem de Nazareth, risonha e protetora como seu manto estrelado, parecendo disposta a refugiar todos os miseráveis, pedia com lágrimas que protegesse o Chiquinho.

A oração irrompia-lhe da alma puríssima e fragrante como as emanações das madressilvas em flor e ascendia ao trono do Eterno por entre as súplicas das virgens, noivas que, em vez das flores de laranjeira, colhiam saudades rorejadas[33] de prantos.

O pai censurava-a pela vida que levava, e querendo atraí-la de novo por excessos de amorosa ternura envidava tudo para conduzi-la à capital e fazê-la esquecer o mau episódio que fora como uma página sombria no livro luminoso de sua existência.

O primo vinha um domingo e outro espairecer no povoado, e diante dele, como se ficasse esterilizada de súbito a fonte de sua sensibilidade, tornava-se concentrada e misantropa.

A auréola do anjo caritativo desaparecia, um sentimento de ódio mal sufocado moderava-lhe o desejo de fazer bem e naqueles dias os pobres eram privados de sua visita e do consolo que ela lhes dispensava.

Apenas uma palavra doce saía-lhe dos lábios, se alguma criancinha protegida por seu amante desvelo vinha trazer-lhe braçadas de flores agrestes perguntando se estava doente.

33 banhadas

O Arthur voltava despeitado protestando não repetir a visita; mas aos domingos, impulsionado por uma força invencível, tomava o trem e chegava, um tanto envergonhado e sem aquele ar trocista que o distinguia, à casa do tio e ao perguntar onde estava a prima sentia uma emoção tão forte apoderar-se dele que se encostava ao portal e não podia suster as pulsações do coração sedento de amor.

XII

Como ele estava mudado!

Diante do indiferentismo da prima desfizera-se o gelo que envolvia sua alma, via por um outro prisma, divisava novos horizontes sentia-se apto para empreendimentos mais arrojados. Pensava nas doçuras da família no conchego íntimo do lar e vinha-lhe do âmago o desejo enorme de casar-se, de abandonar de uma vez a vida de solteiro propensa a aventuras, ávida de sensações novas.

Oh! Como seria deliciosa uma existência a dois na identidade de sentimentos, no comunismo de ideias que fazem de dois seres uma só alma!

Se ela o amasse teria forças para uma completa regeneração. Tinha esperanças de vencê-la e à força de dedicação e perseverança conquistar seu coração ainda cheio de imagem do ausente; todas essas esperanças, porém, se extinguiam diante do gesto frio, pesado como uma avalanche a reprimir-lhe os ímpetos.

Ao fitá-la medrosamente, sem o desembaraço de outrora, deixando transparecer no olhar a extensão de seu afeto, tinha grande receio da repulsão que ela manifestava.

Afeito a partidas amorosas, fanfarrão em investidas don juanescas, habituado a considerar a mulher um passatempo agradável, via-se completamente dominado por aquela mocinha romântica e neurótica que tinha a mania de fazer bem aos outros e timbrava em fazer-lhe mal. Talvez que sendo infeliz, fazendo um apelo ao seu altruísmo essencialmente feminino, tivesse algum direito a uma retribuição. Tomou um ar melancólico, deu para suspirar ao relento ao longo do arvoredo sombrio e em noite enluaradas, como um poeta vítima do tédio, passava horas esquecidas na solidão calma das estradas silenciosas aparentando um pesar inconsolável e sentindo realmente todo o martírio de quem ama sem ser amado.

Um domingo veio mais triste e cismativo do que costumava, e num momento em que se encontrou a sós com Nazareth, pediu-lhe com lágrimas na voz que não o deixasse resvalar nas profundezas do abismo. Achava-se no cairel[34] de um despenhadeiro, à falta de uma afeição duradoura, sancionada por Deus e pela lei, procurava distrações em amores fáceis, nas alternativas do jogo. Passava noites em claro tentando a fortuna sem ter outro fito mais do que atordoar-se, matar o tempo que tinha a lentidão das horas que valem séculos.

34 borda

Ela podia estender sobre ele suas asas arminho e salvá-lo num belo ímpeto de generosidade e então fazia-se muito terno com inflexões de súplica, quase a implorar-lhe de joelhos a felicidade que lhe recusava.

Tão boa para todos, entornava-lhe na alma o fel dos desenganos, o veneno letal da descrença. Que mal tão grande lhe havia ele feito? Guardava-lhe ódio porque falara ao tio de sua simpatia pelo Chiquinho?

Aquilo era uma criancice, uma fantasia de moça que começa a sonhar e a ter vagos anseios de amor. Tudo passaria. Ele rodeá-la-ia de ternura, construiria um altar de que ela seria o ídolo e podiam ser muito felizes.

Dependia dela, unicamente dela, realizem aquele sonho.

Que prova de amizade lhe dera o outro? Acovardara-se fugira, não dando um passo para enérgica resistência que encontrara.

Era assim que ela desejava ser amada?

Ele não, apesar de repelido, conservara-se firme e movido apenas pela impetuosidade de uma afeição que mais se consolidava em frente aos obstáculos que surgiram, estava a esperar a sentença que o absolveria ou condenaria irremissivelmente.

Que interesse o levava a implorar a piedade de que ela era tão pródiga para com os outros? Haveria por ventura alguém que necessitasse mais de conforto do que ele? Vegetara desde muito moço sem uma afeição sólida, o tio era o parente mais próximo e o único que ligara sempre interesse a o seu bem-estar.

Conquistara um pergaminho, achava-se capaz de ocupar uma posição honrosa na sociedade, podia aspirar as mais altas posições; mas tudo era para ele uma questão secundária.

O objetivo mais importante que tinha em vista, a mira para onde convergiam todos os seus anelos[35] era a posse do coração da prima. Que ela se resolvesse e a ventura sorriria para ambos. Nazareth ouvira-o calada, os olhos fitos num ponto distante, pensando talvez na vida de sofrimento que o Chiquinho passava no Norte; mas as palavras do primo não lhe soavam tão mal aos ouvidos. Enquanto eram frases de galanteio, madrigais ridículos repetidos pela milésima vez, ela sentia uma repulsão enorme por ele, sua vaidade não aceitava a incensação[36] dos termos rebuscados, mas desde que sabendo a ternura de que era dotada, apelara para o seu coração e revelara singelamente as dores secretas que o trucidavam, ouvira-o compadecida.

– Eu quisera, primo – disse ela no final da conversa – dar-lhe a ventura a que aspiro; mas não devo enganá-lo. Será sempre para mim um irmão. Se aceita a minha amizade nestas condições farei tudo para que ela lhe possa ser útil.

E deste dia em diante associou-o a suas obras de caridade. Incansável, percorreu com ele a choupana dos pobres, anediando cabecinhas louras, enxugando lágrimas de semblantes enrugados.

Uma pobre mulher perdera o filho único que estava no Norte e no auge do desespero queria atentar contra a própria existência. Ela levou-a para casa, falou-lhe da resignação, pintou-lhe a dor de Maria vendo seu filho morrer crucificado entre dois facínoras, mostrou-lhe o quanto há de nobre e de edificante no sofrimento que não se desvaira

35 anseios
36 adulações

por um excesso quase sempre fatal, e tanto fez que a mãe desolada, vazando em lágrimas a saudade cruciante que a impelia para a morte, acabou por se submeter resignada aos decretos da Providência.

De outra vez uma pequerrucha que ficara órfã de mãe e chorava desesperadamente sem consolo encontrou em seu coração todo o desvelo, toda a ternura de uma irmã mais velha solicita e devotada.

Era incansável em fazer o bem.

Arthur não errara apelando para sua sensibilidade. Era o caminho único pelo qual chegaria mais parto de seu coração.

Quanto a conquistá-la era um pouco mais difícil, em todo o caso não desanimava.

Os ausentes são muitas vezes esquecidos, e quem lhe diria que a Nazareth não acabaria por esquecer o Chiquinho?

Ele conhecia muito bem as mulheres e havia estado sempre em contato com aquelas que leviana e irrefletidamente especulam com o sentimento.

Depois a Nazareth vivia muito isolada entre o pai e uma tia já velha, e o isolamento predispõe à ternura. Quem sabe se ele não sairia vitorioso tentando conquistá-la?

XIII

O coronel Pedrosa perdera completamente o bom humor que lhe era habitual. Jogava distraído as partidas de gamão, deixava muitas vezes de responder as perguntas do Arthur mostrando-se de todo alheio ao que se passava em torno dele.

Comia com pouco apetite, dormia mal e houve noites em que passou a braços com a insônia mais pertinaz. Um dia olhando com uma ternura pronunciada para Nazareth disse-lhe:

– Ouve, és a mais nova de minhas filhas, aquela pela qual eu tenho tido sempre uma predileção especial. Fazer a tua felicidade tem sido o grande anseio de minha vida. Tens necessidade de meus conselhos mais prudentes e de um apoio mais firme, e por consequência atende ao que te vou dizer: Vejo que ainda não esqueceste o pretencioso matuto que perfidamente perturbou o sossego de tua alma e por isso não prestas a devida atenção a teu primo. Afliges-me tanto com esse teu modo pensar que já vou me sentindo doente e creio que pouco viverei, pois, como sabes, qualquer desgosto íntimo afeta extraordinariamente a minha organização. Quererás ser a causa de minha morte? Tu que eu amo com o mais acrisolado[37] afeto e por quem daria até a última gota de meu sangue hás de ser culpada da amargura que me envenenará os derradeiros dias da existência? Não, eu não posso esperar isso de ti.

– Que quer o papai que eu faça para fique satisfeito? Tanto se interessa que eu case como o primo!

– Mas se eu vejo nisso a tua felicidade!

– Um casamento sem amor pode trazer felicidade?

– Conforme. Tenho visto muitas moças que se casam sem ter grande simpatia pelos noivos, depois de casadas chegam a estimá-los deveras; e outras que se casam verdadeiramente apaixonadas, passados os primeiros dulçores da lua de mel arrependem-se e sofrem os martírios de uma tremenda desilusão.

– E o papai me aconselha a casar com o primo, embora não o ame!

– Aconselho-te que esqueças aquelas loucuras e penses seriamente. Sempre te distinguiste de tuas irmãs pelo bom senso que muito nova revelaste. Não queiras por um capricho de nervoso estragar o teu futuro. Enquanto eu viver não consentirei que te rebaixes a contrair uma união indigna de ti. Se eu morrer e persistires em seguir tua errônea inclinação hás de sentir o remorso de me teres vilipendiado a memória.

37 puro

– Papai, não fale assim. Eu não quero casar, não desejo mesmo outra vida senão a que tenho levado até hoje ao teu lado e de minhas irmãs.

– Então é melhor ires para um convento de caridade. Não hei de viver por muito tempo, sinto-me enfraquecido e ultimamente tenho sofrido muito. Ficaria satisfeito se consentisses em casar-te com o Arthur. Não sei o que falta a ele para te agradar. É bonito, tem talento, há de fazer uma brilhante carreira, pois o seu nome foi sempre aureolado na academia. Dispõe de todos os elementos para te fazer feliz, e, como está deveras subjugado por ti, perdoará os desdéns com que atualmente o tratas e fará o possível para que venhas a amá-lo muito.

Nazareth calou-se. Temia contrariar o pai que era muito carinhoso, mas que se mostrara bastante severo relativamente aos seus amores com o Chiquinho. Vendo-o com o semblante amargurado, ouvindo-lhe a voz trêmula receou agravar a situação e, sem animar-se a erguer a vista para ele, levantou-se sutilmente, entrou no quarto e desatou em soluços que comprimia para que não fossem ouvidos pelo pai.

Chorou muito tempo! As irmãs não estavam aí para consolá-la, a tia pouca atenção prestava a essas coisas, que ela chamava – dengues de menina mimosa. Além disso entretida com os arranjos domésticos nem imaginava a procela[38] que se desencadeava no coração torturado da sobrinha. Entendia pouco de sentimentalidades. Casara-se por conveniência, amara o marido por hábito e a filha única que tivera de sua união casara-se e vivia no Rio de Janeiro, de onde poucas vezes lhe escrevia.

---

38 agitação

Aceitara o convite do irmão para passar uns tempos com a Nazareth no povoado, e ali absorvida com a lide caseira e com os trabalhos do cultivo de uma horta levava horas esquecidas, feliz de vegetar naquela existência calma, sem preocupações pelo dia de amanhã habituada a viver aqui e ali, contanto que gozasse certas comodidades e tivesse um cantinho onde plantasse suas hortaliças.

Não gostava de flores, não tinham utilidade nenhuma no entender dela e ninguém lhe dissesse que as rosas e os jasmins encantavam a vista. Preferia as couves, as alfaces, os repolhos, as cebolas e as vinagreiras a todos os cravos e begônias que pudessem enfeitar um jardim.

Era uma criatura material dessas que vivem só do pão e não olham por outro prisma a não ser o do bem-estar próprio. Que lhe importavam, pois, as dores morais da sobrinha?

Nazareth nem se animava a procurar nela o menor lenitivo. Conhecera-lhe o egoísmo e, muito altiva para receber censuras quando precisava de consolação, resignou-se a sofrer calada a má impressão que deixara no seu espírito a conversa que tivera como o pai. Exigia ele então que ela desposasse o Arthur? Que lhe competia fazer? Sacrificar-se para satisfazê-lo? Matar de um só golpe todas as ilusões de moça para aceder às aspirações do primo? Ele que dirigisse as vistas para outra parte. Não faltavam moças ansiosas por se casar; com certeza podia escolher nas melhores condições e muito mais no caso de o tornarem feliz.

Veio-lhe um desejo ardente de acabar com tudo aquilo tomando a resolução heroica de ir ser irmã de caridade. Certamente Deus a chamava para essa vida calma apresentando-lhe obstáculos, oferecendo-lhe provações a que ela não resistiria ficando só entregue à sua natureza que às vezes fraquejava.

Era preferível viver nos hospitais devotando-se ao tratamento dos pobres, exercendo a todos os momentos a missão mais sublime que a mulher pode desempenhar, ou ensinar crianças nos colégios, velando pelo desenvolvimento do bem nos corações tenros dos pequenitos, mostrando-lhes o verdadeiro caminho a seguir para não enveredarem nos desvios das paixões. De que lhe servia viver sob o teto paterno, ao lado das irmãs, vendo o pai contrariado e uma hora por outra a exprobrá-la[39] por não se ter casado com o primo?

O que era a vida religiosa senão o desprendimento de tudo que o mundo apresenta de mais sedutor, o completo desprezo por tudo que os outros ambicionam, e o que seria a sua existência se sacrificasse os impulsos do seu coração e aceitasse um noivo que lhe impusessem sem ela sentir por ele inclinação amorosa?

Nessas condições o casamento tornar-se-ia uma tortura lenta que ela amaldiçoaria a todo instante. Mas seu pai andava tão triste, tão mortificado! Ela bem sabia o motivo, ele lhe dissera manifestando o desejo que tinha de vê-la casada como o Arthur.

Devia sacrificar-se? O amor filial inspirava-lhe resoluções de um heroísmo admirável, e ela, em prece fervorosa, pedia com lágrimas a Deus que a protegesse e sugerisse-lhe uma boa solução.

Ah! Mas a imagem do Chiquinho aparecia-lhe sempre, mesmo no meio da oração virginal que ascendia pura e

39 criticá-la

fragrante ao trono do Eterno, o nome o querido ausente subia-lhe aos lábios e ela o envolvia na mesma súplica que pedia a Deus forças para o enorme sacrifício de esquecê-lo.

XIV

Maria da Gloria, a sobrinha do coronel Pedrosa, morava no Rio de Janeiro desde a época de seu casamento realizado em 1881. O marido era empregado no Hospício de Pedro II e ganhava apenas o suficiente para irem vivendo com muita economia, porém ela gostava de ostentar a beleza e não se conformava com os escassos rendimentos que não lhe permitiam ter bonitos vestidos e adornos indispensáveis à garridice de sua natureza frívola.

Leviana e mal-educada deixava-se galantear e muitas vezes passando nas lojas, onde as vitrines expunham centenas de objetos próprios à exibição da vaidade feminil suspirava e dizia consigo mesma: "Se eu quisesse possuiria aqueles ornatos!"

E lançava-lhe um olhar de cobiça fitando depois desconsolada o seu modesto vestido de merino[40] já desbotado e as botinas que haviam perdido o lustre primitivo. Ela era realmente bonita e possuía certa distinção que a natureza concede a algumas mulheres fazendo-as sobressair dentre outras que trajam melhor e ocupam posição mais elevada no mundo.

Tinha 24 anos e desde os 15 vivera quase sempre fora das vistas maternas. Pouco estimava a mãe e com ela se parecia no modo de encarar as coisas. Casara-se para ficar livre de andar por casas alheias suportando desaforos, aguentando imposições; mas ao cabo de três dias de casada, se algum sedutor lhe tivesse oferecido uma existência luxuosa teria abandonado o marido sem um arrepio de remorso. O seu ideal era ser lisonjeada atrair a atenção. Encontrou, no meio em que vivia, facilidades para sustentar sua vaidade sem dar escândalo, e misteriosamente de aventura em aventura deixou-se prender em amores fáceis. O marido, se desconfiava de suas fraquezas, fechava os olhos e filosoficamente ia suportando-a em casa, porque afinal sabia guardar as conveniências.

Um dia, porém, deu-se um encontro fatal e o pobre esposo ludibriado tangeu-a a pontapés mandando-a plantar batatas.

O seu belo rosto valeu-a. Um moço doidivanas, filho de um barão que se achava em São Paulo protegeu-a no transe difícil em que se achava.

Então ela pode brilhar, pisar em tapetes, e arrastar sedas e ofuscar as outras estrelas do *demi-monde*[41]. Teve um cortejo de adoradores e semelhante a mariposa fascinada

40 lã de carneiro

41 do francês: círculo de pessoas de reputação duvidosa

pela chama que lhe queima as asas, deixou-se ofuscar pelo falso brilho da riqueza comprada à custa da infâmia, e viveu essa vida fictícia que envenena o organismo e atrofia na alma o sentimento bom.

Expulsa do meio honesto especulou com a beleza da maneira mais vil e quando sua mãe achava-se em casa do irmão a fazer companhia à sobrinha, ela no Rio de Janeiro, já tendo descido os últimos degraus de abjeção baixava ao hospital, vítima de uma perniciosa que a deixou às portas da morte.

Convalescendo, ao sair do hospital, um último resto de pudor levantou-se-lhe do íntimo e sentiu uma revolta da consciência que lhe exprobava acremente[42] o seu procedimento indigno.

Lembrou-se do marido tão bom, tão condescendente que lhe guardara a reputação dos assaltos da maledicência e sentiu um profundo desprezo por si mesma. Como o náufrago no supremo esforço para livrar-se das ondas enfurecidas agarra-se à taboa de salvação, ela procurou salvar-se da degradação que a esmagava e procurou refúgio no trabalho.

Entrou, a instâncias de uma amiga lhe conservara firme nos dias adversos, em uma fábrica de camisas e, como tinha grande habilidade para costuras e queria granjear a confiança da dona do estabelecimento, nele conservou-se honestamente podendo obter dentro em poucos meses algum saldo.

Teve desejos de voltar ao Ceará. O amor materno, depois da existência tempestuosa que levara era como o arco-íris da paz a prometer-lhe bonançosos dias.

42 censurava amargamente

Felizes os que se vendo repelidos de todos tem para descansar a fronte um regaço amoroso de mãe indulgente e sempre disposta ao perdão!

Conseguiu transportar-se às plaga abençoadas da terra da liberdade e quando pisou o nosso abençoado solo e viu os coqueiros da praia banhados pela luz brilhante de uma linda manhã de abril, sentiu dilatar-se-lhe a alma

Fez protestos de manter-se no caminho do bem.

O passado asqueroso deixava-o na Capital Federal[43] desde a casinha mobiliada e parecendo um ninho de noivos, onde estreara seus amores culpados, até a enfermaria silenciosa e lúgubre do hospital em que expiara as horas de loucura, tudo lhe veio à imaginação e não querendo sofrer o desprezo dos parentes que sabia bem colocados, entrou nas ruas da Fortaleza como o aspecto modesto e a aparência calma de mulher inimiga de vaidade e zelosa de sua reputação.

Afivelou ao rosto a máscara da hipocrisia.

Viera de surpresa para alegrar a mãe e sabendo que ela não estava na capital e fora servir de companhia à Nazareth hospedou-se em casa do tio, onde foi recebida como uma vítima de um marido déspota, e três dias depois tomava o trem, dirigia-se ao povoado e a benção materna caiu-lhe em cheio sobre a fronte; um raio de luz que lhe esgarçava o passado criminoso.

Se o marido a visse com aquele ar recatado de mulher escrupulosa e intransigente e se pudesse sondar com o olhar de um psicologista aquele rosto de uma beleza teria exclamado: "Eis o perfeito protótipo da maldade mais refalsada e da hipocrisia mais fina!"

---

43 O Rio de Janeiro foi a Capital Federal do Brasil de 1763 a 1960

XV

Dentro de 15 dias a Maria da Gloria achava-se inteiramente à vontade em casa do tio e soubera conquistar, de todo, o coração ingênuo de Nazareth, que, levada pela sua bondade vira nela uma vítima do casamento e a protagonista interessante de um desses dramas íntimos que despedaçam a união das famílias.

Com que pena ouvira a descrição feita pela prima com a habilidade de uma cômica que tem lágrimas oportunas e sabe pintar ao vivo as cenas mais triviais, a longa série de afrontas que o marido lhe fizera sofrer!

Pobre caluniado! Se ouvisse a acusação tremenda que sobre ele pesava, teria esbofeteado aquela mulher desleal que o cobrira de vergonha e procurava, no seio dos parentes, nobilitar-se chamando o odioso sobre ele, que merecia apenas compaixão.

Fingiu admiravelmente o papel de mulher honesta, procurou com a mais refinada hipocrisia impor-se à estima de todos e, vendo a doçura do caráter de sua prima mais nova, fez os maiores esforços para conquistar-lhe a confiança.

Nazareth precisava de desafogar as dores que lhe iam na alma, tinha necessidade de um seio amigo onde repousasse nos momentos mais amargurados. Nada mais atraente para os que sofrem do que o sofrimento alheio.

A prima com o diadema de martírio, tendo subido o calvário dos desenganos ainda tão nova e bela, fascinou-a.

Teve por ela uma afeição de irmã, contou-lhe a inocente história de seus amores – botão de lírio que não chegara a desabrochar –, falou-lhe dos projetos do pai e pediu sua opinião sobre a atitude que lhe cumpria tomar.

A outra ouviu-a com um ar muito compungido, consolando-a oferecendo-lhe bálsamo da amizade leal pronta a chorar com ela e depois, compreendendo o terreno em que pisava, aconselhava-a a que obedecesse ao seu pai. Ela fora muito infeliz porque não tivera a direção de sua mãe.

O Arthur era tão bom moço, parecia amá-la com tanto extremo. Por que não lhe agradava? O outro perverter-se-ia nos seringais do Norte. Aquilo era um foco de corrupção. Caluniava os amazonenses como o fizera com o marido, pintando-lhes os costumes com as cores mais negras. Os donos de barracão eram todos ladrões, as mulheres, Jesus! Ela nem podia classificá-las.

A Nazareth defendia o Chiquinho; mas no íntimo achava que a prima tinha razão em aconselha-a que fizesse a vontade do pai.

Se ela lhe tivesse apresentado outro alvitre tê-la-ia julgado desassisada[44]. Todos que a estimavam aconselhavam-lhe a mesma coisa.

Só o seu coração recriminava-a quando ela pensava vagamente em casar-se com o primo.

Seria um perjúrio que ela cometeria? Não tinha feito promessa alguma, e seu amor fora apenas a inclinação que nem tivera força de manifestar-se por meio de palavras. Maria da Glória, vendo-a às vezes vacilar, continuava a advogar a causa do Arthur, carregava as cores do quadro em que o emoldurava e com tanta arte se insinuava no coração inexperiente da incauta jovem, que ela abdicava da vontade e só faria qualquer coisa de acordo com a prima.

Já a consultara sobre a hora da visita aos lares dos pobres alternavam-se na distribuição das esmolas e ambas igualmente belas conquistavam bençãos e aplausos por toda a parte.

O Arthur fazia da Gloria sua confidente, e certo do ascendente que ela exercia sobre o ânimo irresoluto da Nazareth, lhe confiara seus projetos de felicidade, pintara-lhe a vida de solteiro no isolamento de um quarto de hotel, pois não lhe ficava bem abusar da hospitalidade do tio, falou-lhe dos perigos que estava exposto se não o sustivesse à borda do abismo a caridosa mão da Nazareth e, num exagero próprio da Gloria, maldisse o dia que tivera a ideia de vir do Sul escravizar o coração que era tão livre.

Ele amava a prima, é verdade, cativara-se nos seus olhos cheios de doçura, na gentileza que se espalhava de toda a sua pessoa: mas o seu afeto era um pouco material e o que menos apreciava nela era a bondade da alma, aquele

44 desvairada

instinto delicado de fazer bem, de derramar felicidade, de enxugar prantos.

Fingia apreciar os seus sentimentos caridosos para mais depressa fazer a conquista daquele coraçãozinho indomável, o único que tinha sabido resistir à força de sua enorme atração, mas no íntimo achava ridículas tantas manifestações de piedade.

Quem podia evitar o sofrimento dos outros?

Ainda mesmo que a Nazareth tivesse uma varinha mágica que convertesse as mansardas em palácios, os trapos da miséria em roupagens esplêndidas, ficaria sempre muita coisa que fazer relativamente a minorar os infortúnios que esmagam os pobres moradores deste vale de lágrimas. Era, pois uma utopia aquele desejo imoderado de fazer bem; mas podia igualmente ser o desabafo de uma dor misteriosa que estivesse a lancear o coração da moça misericordiosa e a impeli-la para essa missão consoladora e quase divina.

XVI

Estreitava-se cada vez mais a amizade entre a Nazareth e Maria da Gloria.

A serpe tentadora dotada de encanto sugestionadores prendia, pouco a pouco, em pérfidas malhas o coração ingênuo e leal da cândida donzela.

Com uma sutileza admirável ela apoderara-se da vontade da Nazareth e, como se exercesse sobre ela uma força hipnótica, fazia-a ceder facilmente ao seu influxo.

O Arthur repetia as visitas duas vezes na semana, já se julgava noivo, sentia que a imagem do outro ia se desvanecendo aos poucos e ele conquistava cada dia algum terreno no coração da prima. Às vezes, radiante de alegria, apertava furtivamente mão da Gloria dizendo-lhe:

– Você é admirável! Está desbravando aquela alminha selvagem!

A tristeza do coronel, o desejo sempre manifestado de ver a filha unir-se ao sobrinho tinham ainda maior força para fazer abalar a constância da Nazareth no seu amor pelo Chiquinho. Vendo o pai apoquentado, sempre aborrecido, já um pouco frio nos carinhos que tão prodigamente lhe dispensava, sentiu como que um remorso acusá-la de ser a causa de toda aquela transformação, e sem saber o que fazer para mudar a situação penosa em que se achavam, entregou-se à discrição da prima.

A inocente avezinha caía afinal entre as garras da ave de rapina. O gênio do mal triunfava.

O passado foi esquecido. Atordoada, sem fazer muito caso da felicidade própria e querendo apenas alegrar o pai, satisfazer a prima e salvar o Arthur do tenebroso pélago do vício, resolveu-se a dar o sim ao almejado casamento. Pobre Chiquinho! Lá nos florestais da opulente Amazônia devias ter pensado muitas vezes nesse desenlace e sentido o negro pressentimento de tão cruel abandono!

Para que te serviria o dinheiro adquirido à custa de tanto sacrifício se aquela por quem trabalhavas com tal extremo esquecia-te e te deixava por outro?

O casamento foi marcado para setembro. A Nazareth não quis enxoval pomposo e regressando à capital para cuidar em preparar-se retraiu-se completamente. Não saia de casa, recebia as visitas constrangida, mas ao ver o pai satisfeito e voltando a tratá-la com a ternura de outrora, sentia-se compensada pelo sacrifício que fizera esperava o dia casamento pedindo a Deus que a sustivesse para não fraquejar.

A Gloria irradiava de satisfação. Tinha ganho a causa do Arthur, trabalhara para sua felicidade; era justo que esperasse alguma recompensa.

Que planos arquitetara para o futuro? Fizera um estudo perfeito do gênio da Nazareth e aquele coração cheio de todas as bondades, mas irresoluto e fraco agradava-lhe. Fazia o possível para continuar a exercer sobre ela mesma influência.

No dia do casamento, quando a Nazareth já vestida de noiva olhava-se ao espelho admirada da palidez que se lhe espraiara no semblante, ela atirou-se-lhe aos braços quase chorando e disse-lhe:

– Quero pedir-te uma coisa; não me abandones!

– Bem vês que eu não tenho no mundo nenhum arrimo e que na tua companhia dar-me-ei perfeitamente.

Ela protestou que havia de ser a mesma, o casamento não lhe mudaria o modo de pensar, e ao ver lágrimas aljofrarem[45] os belos olhos da Gloria, um pensamento negro assaltou-lhe o espírito.

Seria ela também?! Uma das vítimas do casamento? Ver-se-ia algum dia na dura contingência de pedir a proteção dos outros?

Veio-lhe do íntimo um desejo invencível de chorar. Viu em espírito o lencinho branco do Chiquinho que se agitava da portinhola do trem a enviar-lhe um sentido adeus, e ela colocara um abismo entre ambos tornando eterno aquele apartamento!

A emoção corou-lhe as faces, deu lhe um fulgor aos olhos e quando entrou na sala com os atavios nupciais provocou um fremente sussurro de admiração entre os poucos convidados.

– Lindíssima! – diziam todos.

45 orvalharem

O Arthur orgulhoso e comovido olhou-a deslumbrado. Ia abdicar sua liberdade de solteiro, entregar os braços às algemas do casamento; mas era tão bela a mulher a quem fazia este sacrifício que certamente lhe ofereceria plena compensação.

XVII

Vamos ver de novo a Nazareth dezoito meses depois de casada. Em frente a um berço de azuladas cortinas contempla uma criança que dorme. É seu filhinho de dois meses, o louro e gentil Oscar, que ela cria com amoroso desvelo.

Ele torna-lhe a vida agradável, prende-a ao marido num elo indissolúvel que talvez não se tivesse estreitado tanto se aquela criancinha gentil não os tivesse aproximado mais um do outro.

Nazareth, no êxtase de uma adoração verdadeiramente materna, contempla o filho adormecido e um sorriso de indefinível ternura entreabre-lhe os lábios que se agitam num murmúrio de prece.

Depois olha o relógio prestes a marcar 11 horas, e um certo movimento de inquietação se nota em suas feições tão serenas.

É que o marido, sempre pontual a chegar às 9 horas, demora-se naquela noite.

Ter-lhe-á acontecido alguma coisa? O tempo decorre. Já meia-noite soou e ela, sem se poder conter, abandona o berço do filho e vai ao quarto da prima.

– Gloria, Gloria – brada nervosa.

A outra levanta-se sobressaltada, abre a porta e ao vê-la cheia de impaciência procura tranquilizá-la.

– Teu marido está bom, entretém-se talvez a jogar. Não te aflijas, vai te habituando a essas excursões noturnas que todo o homem da boa sociedade é obrigado a fazer. Querias então que o Arthur vivesse eternamente a te fazer a corte? Ah! Louquinha, quão mal conheces os homens!

Nazareth revolta-se ante aquela linguagem da prima que achava muito natural o marido deixá-la sozinha e ir arriscar grossas quantias no voltarete ou no bacará.

Não o pintava ela assim antes de casar, nunca lhe havia falado dessa possibilidade de ir procurar distrações longe dela, mormente agora que os sorrisos do filho encantam e amenizam ainda mais a vida do lar.

Olha para a prima surpresa; mas vê no seu semblante um tal ar de zombaria que receia cair no ridículo, e para que ela não supusesse que tinha ciúmes do Arthur fala sobre o perigo do jogo, sobre a atração diabólica que esse vício exerce naqueles que se deixam dominar por ele, e vendo-a disposta a recomeçar o sono interrompido, muito indiferente ao que ela está sofrendo, sai e procura de novo a sua posição em frente a criancinha adormecida.

Passam as horas, soam umas após outras com a lentidão que tem as noites passadas em claro, já os fulgores da aurora começam a rosear o horizonte, quando ela, exausta da vigília consegue dormitar um pouco.

Acorda assustada, pois sente empurrarem a porta do quarto com violência. O marido entra cambaleando, o olhar desvairado, o hálito encervejado. Agarra a mulher bruscamente, sacode-a com força e depois cai sobre o tapete, a expelir o vômito

Nazareth compreende que o Arthur está embriagado e um sentimento de asco invade-a toda.

Lágrimas profusas lhe irrompem dos olhos e, como se um círculo de ferro lhe comprimisse a garganta, sente falta de ar, levanta-se desorientada e achega-se mais do berço do filho. É ali que vai procurar refúgio para a dor cruel que lhe causa o despertar do sonho.

Neste momento a criancinha desperta, boceja de manso, agita os bracinhos e um quase imperceptível sorriso abre-lhe a boquinha rubra. A moça comprime-a ao seio, pousa-lhe a cabecinha sobre o coração dilacerado de repente pelo dardo do mais cruel desengano e, já mais aliviada, chora, chora...

Que horrorosa mudança! O Arthur ainda na véspera tão bom, tão terno apresenta-se novo dominado pelo vício. E que vício! O mais abjeto de todos, aquele que coloca o homem ao nível do animal.

Deverá dizer ao pai o procedimento marido?

Foi a primeira vez que ele assim praticou: cumpre-lhe, portanto, ser indulgente.

A prima bem o disse. Ele não podia viver eternamente a fazer-lhe a corte. Quando estiver mais calma pensará o que deve fazer. Passou o dia febril escondendo as lágrimas, sufocando o pesar que a quer subjugar de vez em quando.

Já não tem na prima a mesma confiança de irmã mais nova que espera conselho e conforto.

Aborreceram-na as palavras que ela lhe disse, quando dominada pela impaciência da demora do marido, fora pedir-lhe um pouquinho de consolação.

Parece que não toma a sério coisa alguma. Tem notado nela certos modos inteiramente diversos dos que apresentava no princípio ao seduzi-la com o encanto dulcíssimo de uma amizade leal, de uma ternura inequívoca.

Prendera-a tanto que a trouxera para casa e até ali tratara-a com a dedicação de uma irmã carinhosa. A pensar nisto levara o dia tristemente e à noite, depois do chá, ficou muito admirada quando viu o Arthur, que passara o dia indisposto, enfiar o paletó e preparar-se para sair.

Quis retê-lo, pedindo-lhe amorosamente que ficasse, mas calou-se ao ouvir a prima dizer-lhe com uma certa malícia.

– Então, vai dar um passeio? O ar da noite há de fazer-lhe bem.

Olhou-a com uma expressão indefinível e não pode conter duas lágrimas impetuosas que lhe queimaram as faces. O marido voltava ao jogo, atirar-se-ia de novo à embriaguez e fora para salvá-lo desses vícios que ela se casara. Havia de salvá-lo de novo. Era o pai de seu filho e contava que Deus havia de protegê-la.

Achava inexplicável o procedimento da prima. Que tinha ela que ver com os passeios do Arthur? Olhou-a de novo e ao vê-la tão bela, o quer que fosse de diabólico a lhe parecer no rosto, veio lhe ao espírito um pensamento medonho. A sua lealdade repeliu-o. Estava nervosa, não pensava coisa nenhuma acertadamente.

Que interesse teria a Gloria em cavar a sua desgraça?

Resignou-se a sofrer calada, e no outro dia ao entrar em casa do pai aparentou o mesmo ar prazenteiro dos bons tempos. Não queria absolutamente que ninguém desconfiasse do seu sofrimento.

XVIII

O Arthur atirou-se em cheio ao jogo. Perdeu grandes quantias, e impelido pelo demônio da cobiça que o incitava à desforra viu-se forçado a contrair empréstimos e um dia dirigiu-se ao sogro. O coronel estranhou aquele pedido, emprestou o dinheiro, mas interrogou a filha.

– Teu marido não está procedendo bem, consta-me que se está endividando e é preciso aconselhá-lo.

Nazareth tentou falar-lhe um dia em que o viu mais satisfeito a fim de fazê-lo entrar no bom caminho, lembrou-lhe o filho por cujo futuro deviam velar cuidadosamente; ele, porém, sacudindo a cabeça como quem leva a pagode as coisas mais sérias da vida, disse-lhe:

– Deixa-te de sermões, filha. Não te fica bem quereres te intrometer com a minha vida.

Ela tragou o cálice mais amargo, sofreu longas noites o abandono imerecido e a não ser o filho que a prendia à vida, teria desejado morrer. Caiam por terra todas as esperanças. Fora horrivelmente castigada pela leviandade com que aceitara um casamento sem amor. Às vezes o ciúme mostrava-lhe o marido a conquistar outra mulher, deixando-a já aborrecido, ávido de novos amores.

Mas não! Eram outros vícios que o empolgavam e rara era a noite em que o seu hálito alcoolizado não o denunciava.

Ela fugia dele num grande sentimento de repulsão e vinham-lhe ímpetos, ao vê-lo cambaleando, o olhar alucinado, de agarrar o filho e voltar à casa paterna.

A Gloria vendo-a um dia chorar sobre o bordado em que trabalhava achegou-se dela com a entonação afetuosa do tempo em que a seduzia para o casamento e disse-lhe:

– És uma louquinha, Nazareth, em amofinares por teu marido. Ele cansará depressa desta existência viciosa e voltará arrependido. Distrai-te. Esta vida de acabrunhamento acabará por te adoecer e se ele vir que tomas muito a sério os desgostos que te dá será muito difícil a sua regeneração.

A serpente tentadora citou mil exemplos de mulheres que sofriam atrozes desgostos na vida intima e aparentavam felicidade em público.

– A questão é guardar as conveniências – dizia. – Deixa-te de fazer o papel de vítima, enxuga estas lágrimas e vamos passear.

Nazareth a princípio recusou-se; mas afinal para que o marido compreendesse que ela não tinha ciúmes dele e desprezava-o, procurou distrações nos passeios, tornou-se vaidosa, procurou atordoar os desgostos que lhe iam na alma; mas coitada! Ao voltar daqueles passeios onde seu prazer fora simplesmente fictício sentia-se mais desgraçada e de joelhos diante do berço do filho orava lágrimas copiosas. Um mundo de recordações a esmagava. A época de sua convalescença vinha-lhe à memória e sem querer, expelindo-a como uma lembrança criminosa, a imagem do Chiquinho lhe surgia ao espírito recriminando-a, exprobrando-a por ter sido traidora a um juramento que os lábios não tinham proferido, mas que o coração havia formulado.

Uma espécie de voluptuosidade amarga invadia-a no seu sofrimento. As torturas morais que experimentava aliavam-se mesmo de longe às dores físicas do Chiquinho lá Norte, longe da pátria entregue aos azares da sorte, sofrendo mil incômodos em um clima inospitaleiro que lhe envenenava a saúde e lhe estragava o organismo. Seu pai já devia ter compreendido o procedimento indigno do marido. Pedir-lhe-ia que interviesse a fim de recriminá-lo e ver se lhe acordava os sentimentos de brio que pareciam adormecidos.

Uma manhã, depois do almoço, vestiu-se e foi à casa do pai. Encontrou-o a ler, a fisionomia contristada parecendo a braços com algum desgosto. Falaram longamente. Ele queixou-se de ser o grande culpado da infelicidade que sobre ela pesava.

O Arthur tinha-o iludido completamente, mas nem tudo estava perdido. Ele era muito moço, podia voltara o caminho do bem. Ela que se revestisse de resignação.

À noite procurou o genro no clube onde ele jogava sob palavra, chamou-o de parte, mostrou-lhe as graves inconveniências de seu procedimento, falou-lhe com energia e terminou dizendo que se ele não mudasse de vida seria expurgado do seio da gente limpa e o esmagariam com o maior desprezo todas as pessoas até ali lhe dispensavam amizade.

O genro ouviu-o calado sem saber o que replicasse, envergonhado na vilania de sua conduta; mas quando ele retirou-se, em vez de ir pedir à esposa perdão para as irregularidades de seu proceder, tornou ao salão e continuou a jogar com a fleuma e impassibilidade que caracterizam o jogador de profissão.

Naqueles poucos dias o Arthur caminhara vertiginosamente na senda do vício e, sem ânimo para reagir contra a força impetuosa que o impulsionava, chegaria ao último degrau da abjeção. Poucas horas demorava-se em casa. O aspecto da mulher com o rosto guardando vestígios de lágrimas mal contidas, o cândido rostinho do filho banhado nas graças inefáveis dos primeiros dias de vida, fazia-lhe mal, despertavam-lhe remorsos. Uma ocasião, vindo para almoçar, não encontrou a Nazareth. Estava a Gloria bordando silenciosa junto à varanda que precedia à sala de jantar. O Arthur sentou-se-lhe ao lado e falou sobre as decepções que sofrera ultimamente no jogo:

– Um azar terrível – disse ele. – Estou sem dinheiro, crivado de dívidas e já vejo fazer-se em torno de mim um vácuo no círculo dos amigos. A meu sogro nada pedirei, as minhas economias foram-se todas; não quero favores do governo e mesmo um emprego nas condições em que me acho só me traria maiores dificuldades. É tarde para sair do lodaçal em que me atirei.

– E por que o primo não embarca para o Norte? Lá depressa ganharia uma fortuna sem sujeitar-se a certas humilhações.

– Mas a Nazareth e meu filho?

– Ora, a Nazareth! Tem o papai que não a deixará sofrer privações, e depois pensa você que ela sentirá muito esta separação? Ultimamente o suporta por honra da firma. Como todas as moças avezadas a mimos julga-se com o direito de trazer o marido escravizado aos seus menores caprichos e desde que ele se rebela envolve-o no desprezo mais profundo.

O Arthur sentiu revoltar-se-lhe a consciência ante a linguagem da prima. Caía a máscara que ela trouxera afivelada ao rosto desde tantos meses, a fim de iludir a boa-fé da Nazareth e apoderar-se inteiramente de sua confiança. Vendo agora a conduta que ele adotara, aconselhava-o a que embarcasse deixando a mulher e o filho e fosse levar a vida aventurosa de quem tenta a fortuna por todos os meios, mesmo os mais ilícitos.

Era assim que ela pagava a hospitalidade, a boa amizade que a prima incautamente lhe dispensara!

Víbora ansiava por morder o seio que lhe dera agasalho.

Saudosa da liberdade de outrora já lhe cansava o papel de virtuosa que estava representando.

A Nazareth já não tinha por ela aquela mesma estima que fazia consultá-la a todo o instante. Sentia-o desde o último dia em que tinham ido passear juntas e ela mostrara-lhe o Sr. X como um adorador frenético de sua beleza. Revoltara-se e fugira da companhia dela. Muito digna para enveredar no caminho sinuoso do adultério, fechara os ouvidos às pérfidas insinuações da serpente. Ela arrastara-a ao casamento; mas ao abismo da perfídia conjugal, nunca!

Era mãe e o filho a escudava, assim mesmo pequeno e frágil, inconsciente no seu sorriso angélico, puro como as emanações das boninas[46] nas tardes de maio. Ia agora trabalhar para vingar-se do desprezo que experimentava nos modos frios e reservados da Nazareth.

Os vícios do Arthur facilitavam-lhe os projetos de vingança. Jamais tivera um sentimento sincero para com a prima. Esforçara-se para vê-la casada, cônscia do ascendente que sobre ela exercia: mas desde a primeira vez que sondara a bondade de sua alma apoderara-se de uma inveja horrorosa.

Muitas vezes zombara do Arthur, a quem chamava ironicamente de marido modelo, de dono de casa inimitável.

Quero ver se o primo há de ir até o fim nesta vida concentrada e sedentária de marido ciumento.

Um dia ele há de cansar.

Suas previsões realizaram-se, e a Nazareth, apesar de sua meiguice e dos encantos que nela seduziam logo à primeira vista foi preterida pelo jogo. Sofrendo, com uma valentia de ânimo admirável aquele desprezo imerecido, a consolação única que tinha era refugiar-se no amor do filho.

Oh! Bem feliz a mulher que no meio dos martírios de uma existência trucidada por desenganos cruéis tem, para amenizar-lhe as torturas, o sorriso dulcificante de um filho inocente! Só as mães podem avaliar o bem que faz a carícia tépida de uma criaturinha inocente, ainda isenta do hálito do mundo e cândida como os querubins que esvoaçam, junto ao trono de Deus. Pode considerar-se verdadeiramente desgraçada aquela que, no supremo auge da dor, não tem, para estreitar ao seio, um corpinho tenro cuja maciez lhe infiltra na alma o bálsamo refrigerante para todos os males da vida.

46 planta herbácea tropical, mais conhecida como bela-da-noite ou maravilha

XIX

Reina grande balbúrdia no Hotel do Norte. Chegou o vapor trazendo grande quantidade de passageiros do Acre e alto Purús. Os paroaras são recebidos pelo obsequioso proprietário com finezas e oferecimentos, e rodeados pela multidão de ociosos que sempre se põe em movimento à chegada dos vapores vindos daqueles rios.

Um vago cheiro de maresia evapora-se das bagagens espalhadas em desordem. Um rapaz de 23 anos, moreno e forte, um tanto pálido, achega-se do dono do hotel e, depois de falar sobre o quarto em que deve se aboletar e acerca do agasalho de uns cearenses que voltavam dos seringais adoentados precisando melhores cômodos, perguntou-lhe com um certo tremor na voz:

– Conhece o coronel Pedrosa?

– Sim, o genro dele é freguês aqui da casa.

– O genro dele?! – O moço mostrou-se verdadeiramente admirado. Receando perguntar mais tratou de agasalhar-se e, lá em cima no quarto, uma espécie de desfalecimento invadiu-o.

Um pressentimento triste apoderou-se dele. Com que alegria pisara no torrão da pátria.

Exilado havia dois anos, perdido nos florestais da Amazônia, a braços com a rudeza de um trabalho sem tréguas, exposto às intempéries, lutara com a maior coragem para conquistar alguma fortuna. As saudades e ultimamente o beribéri que o assaltara não lhe permitiram demorar-se mais e com um saldo de cinco contos resolvera-se a voltar ao Ceará. Quantas vezes sofrendo os incômodos de sua vida de seringueiro, mordido de piuns[47], cansado pelo lidar incessante vinham-lhe ímpetos de transpor a imensidade e vir cair nas praias alvejantes da terra da luz, da graciosa pátria de Iracema!

Aquele céu entristecido com os negrores da ausência não tinha o azul festivo do belíssimo firmamento do Ceará, onde em noite escuras fulguram estrelas de esplendor inexcedível e em noites claras há toda a poesia inefável, de um luar soberbo.

A imagem da filha do coronel não o deixava e na distância mais se retemperava o sentimento afetuoso que lhe votara.

Conquistar um futuro para tornar-se digno dela, chegar ao torrão pátrio enaltecido pelo merecimento de um trabalho honesto que lhe proporcionasse meios de subsistir sem ser pesado aos outros, era o ideal que tinha em vista, a suprema aspiração de sua alma generosa.

47 espécie de mosquito conhecido como borrachudo

A saúde ameaçada por um beribéri que fora modificado beneficamente na viagem a bordo fizera-o voltar mais depressa sem ter conquistado a fortuna que o tentava; mas era sua intenção, depois de lenitivar[48] as saudades e gozar dos encantos da vida da família por alguns meses, voltar e atirar-se de novo ao trabalho. As simples palavras que o dono do hotel proferira em resposta a sua pergunta tinha perturbado a alegria estonteante que sentira ao pisar na areia das nossas praias. Mas que tolice a sua! O Coronel tinha três filhas. Podia bem ser que uma das mais velhas se houvesse casado e a Nazareth continuasse solteira aguardando o futuro.

Não! Ela era a mais linda, a mais apreciada. Tinha um imã poderoso na bondade que se evolava de sua pessoa e que lhe denunciava a pureza de sentimentos como a essência de certas flores que mesmo ocultas, embalsamam o ar de fragrâncias deliciosas.

O Chiquinho embalde[49] procurou descansar algumas horas. Pouco enjoara na viagem, mas sentia um atordoamento na cabeça e um mal-estar que o privava de dormir. O relógio bateu meia-noite, quando um grande barulho fê-lo levantar-se sobressaltado.

Levou a mão ao dinheiro que trazia amarrado à cintura achou-o intacto. Viu que algumas pessoas dormiam em quartos vizinhos ao seu levantaram-se inquirindo a causa daquele rumor intempestivo e, por uma curiosidade muito desculpável naquelas circunstâncias, vestiu-se as pressas e desceu. Em um dos salões destinados à jogatina diversos homens procuram separar dois jogadores, que em

48 aliviar
49 inutilmente

um momento de fúria se tinham agredido violentamente atirando-se as maiores injúrias.

– Você há de pagar-me, seu tratante, 500$000[50] que me roubou!

– Afinal de que se trata? – perguntou um sujeito que parecia interessado pelo restabelecimento da boa ordem.

– Foi este sevandija[51] que jogou sob palavra e não quer assinar o documento.

– Não assinarei, e ladrão é quem faz patota para ganhar ilicitamente o dinheiro alheio.

– Bem, vou ter com o seu sogro e hei de espalhar nos jornais, em público, que o Dr. Arthur Pedrosa Guimarães é um miserável, um patoteiro, uma criatura indigna de viver em sociedade.

– Mas, senhor – dizia o homem, que querer conciliar as coisas –, entendam-se como gente limpa. O Dr. Arthur assina o documento e está terminada a questão. As dívidas de jogo são sagradas e a palavra de um homem de bem vale dinheiro.

– A palavra de um homem de bem pode valer muito; mas a de um tratante não tem valor algum. O Dr. Arthur é a escória dos jogadores.

Progrediram os insultos. Era horrível o espetáculo que apresentavam aqueles dois homens meio atordoados pelo vinho a se cobrirem de doestos[52].

– Não assino o documento, não este papel sujo – berrava o Arthur. – Se tivesse dinheiro pagar-lhe-ia esfregando-o na cara.

---

50 quinhentos mil reis
51 pessoa desprezível
52 insultos

– Então há de ver amanhã o bonito, e o Sr. Coronel Pedrosa, se não quiser ver o nome do genro reduzido à última infâmia, pagará os 500$000 que me ficou a dever.

O Chiquinho ouviu tudo aquilo, como se estivesse sob a influência de um pesadelo horroroso. Aproximou-se do homem que interviera para terminar a questão perguntou-lhe:

– Este moço é genro do coronel Pedrosa?

– Sim, casou-se com a mais nova e a mais bonita das filhas dele.

Que brusco despertar. O soalho fugiu dos pés de Chiquinho, faltou-lhe oxigênio para respirar. Um esforço heroico fê-lo voltar à razão.

Em um relance viu a existência da Nazareth martirizada, trucidada a todo o momento. E ele a teria feito tão feliz! Compreendeu a infame conduta do Arthur já desconceituado, mesmo entre aqueles jogadores, viu-o pálido sofrendo epítetos injuriosos, sem poder pagar com altivez a dívida que contraíra. Em um minuto horrível destes que fazem o homem tomar uma resolução de que depende às vezes a desgraça ou a ventura da vida inteira, ele sondou a extensão do abismo a que ela se atirara inconsciente, levada pela influência de casar-se, e um sentimento de piedade dominou-o.

Aproximou-se do Arthur cabisbaixo e ainda da trêmulo de cólera, chamou-o a parte levando-o para uma janela que se abria do lado do passeio, por onde entrava uma rajada fria do vento da meia-noite com um cheiro vago de pitangas e resedás, e disse-lhe:

– Se o doutor quiser eu posso arranjar 500$000 para satisfazer o seu compromisso.

Talvez que o Arthur ainda transtornado pela luta que sustentara não tivesse conhecido seu generoso protetor, talvez que conhecendo-o uns restos de dignidade o tivessem inibido de aceitar o seu oferecimento; mas fora tão público o insulto e havia tantas ameaças de maior publicidade, que ele agarrou aquele auxílio que lhe caía do céu e, sem mesmo perguntar o nome do moço, apoderou-se da cédula de 500$000 dizendo:

– O amigo procurar-me-á para ser embolsado do seu dinheiro; eis aqui o meu cartão.

O Chiquinho contemplou o pedacinho de papel em que se lia em bonitos caracteres: Bacharel Arthur Pedrosa Guimarães, depois amarrotou-o comum gesto de desprezo e atirou-o pela janela à fora. Causava-lhe nojo o procedimento daquele homem. Poucos momentos depois via-o já sereno, sentado de novo à banca de jogo. Pobre Nazareth! Fora bem mesquinho o destino que a fizera escolher para companheiro de sua existência um homem nas condições do Arthur.

De que servia o pergaminho que o salientava, se ele o cobria de vilipêndios, depreciando-o no tremedal do vício?

E ele já quase arrependido de ter vindo do Norte, ao ver desfeito o belíssimo sonho de sua vida, esperava apenas concluir negócios importantes que o detinham na capital para ir abraçar sua mãe e receber, na benção amorosa que ela devia entornar-lhe na fronte, o conforto e o lenitivo para as desilusões que lhe esmagavam a coragem.

XX

Devagarinho para não assustar o filhinho, que está adoentado há três dias, Nazareth entra na alcova e senta-se junto ao toalete.

Lágrimas silenciosas deslizam-se-lhe sobre as faces empalidecidas pelas insônias contínuas, pelo sofrimento que a torna verdadeiramente desgraçada.

Um novo pesar lhe acentua as olheiras, e a graciosa boca que outrora desprendia alegres sorrisos tem a expressão da funda mágoa.

Soube há poucas horas pela prima do que sucedera ao marido no hotel. Ela contara-lhe o ocorrido com todas as particularidades parecendo deleitar-se em que ela soubesse até que ponto de degradação chegara o marido.

Aquele rapaz vindo do Norte apresentando-se com tanta generosidade no momento crítico em que o Arthur ia ser talvez corrido do seio do clube não podia ser senão o Chiquinho. O coração dela adivinhava-o e contraía-se de vergonha.

Queria que ele a encontrasse feliz, rodeada de prestígio, mas fora bem cruel o seu fadário[53]!

O marido tornara-se um jogador insaciável, que para se revolver no vício não hesitava diante das maiores baixezas.

A cena dos 500$000 provava-o exuberantemente.

Revoltava-se com todas as forças para não pungir-se às infâmias que ele fazia recair sobre seu nome.

Tomou uma resolução e, já fortalecida pela nobreza dos sentimentos que a guiavam, abriu uma das gavetas do toalete dela tirou um lindo estojo de veludo carmesim. Abriu-o e irromperam de dentro cintilações deslumbradoras. Era um riquíssimo adereço de brilhantes com que o pai a presenteara no dia de seu casamento.

Ia desfazer-se dele para pagar a dívida do marido. Os 500$000 não lhe saiam da imaginação.

Sentia-se humilhada diante do Chiquinho; ele vingara-se do esquecimento em que o envolvera e devia estar plenamente satisfeito.

Nada diria. Ultimamente escondia do pai os menores desgostos, porque sentia-o doente e as suas revelações apressariam o desenlace fatal.

Chamou a ama do menino e vestindo-se com muita simplicidade disse que ia fazer umas compras, recomendou-lhe a criança com muita insistência e saiu.

A Gloria mordeu os beiços despeitada. A prima emancipara-se de sua tutela.

---

53 destino

Já saia e entrava sem ligar-lhe a menor importância. Via-a enxugar as lágrimas quando ela entrava furtivamente no quarto, notava que ela já a suportava por mera delicadeza e o ódio ia lançando raízes no seu coração, onde nunca tinham germinado senão maus instintos.

O próprio Arthur a informara da cena do hotel e, depois de indagações sobre o rapaz, chegara a saber definitivamente que era o Chiquinho.

Que terrível coincidência!

Já estava cansada de viver sob o teto hospitaleiro da prima. Tinha desejos de voltar à vida febril de pecadora.

A presença do tio e das primas inspirava-lhe grande mortificação. Não tinha pela mãe esse amor capaz de dedicação e pouco lhe importava causar-lhe um desgosto.

Veio-lhe o pensamento de sugerir ao Artur a ideia de embarcar para o Norte e de ir em companhia dele aventurar-se na especulação de sua beleza que agora esplendia no pleno viço dos 25 anos. As coisas não podiam continuar naquele pé. O lar do primo estava sobre um vulcão e a Nazareth leal e digna como era não se sujeitaria por muito tempo à vida infame arrastada pelo marido.

Ela despedaçaria aquele grilhão que ainda a prendia por causa do filho. O nome do Arthur já estava desconceituado publicamente. A questão do hotel fora grandemente comentada. O coronel já não ia à casa dele, evitava-o sentindo-se indignado pela sua conduta aviltante.

A última vez que lhe pudera falar frente a frente aconselhara-o vivamente a que embarcasse para o Norte.

– Já ando envergonhado, eu que sempre caminhei de fronte erguida. O senhor atira todos os dias lama ao meu nome impoluto. Sua mulher sofre-o por dignidade e eu sinto que um dia não poderei conter-me e o escândalo será maior. Cumpre, portanto, evitá-lo.

Estava, pois, definitivamente assentada a próxima partida do Arthur.

O sogro recomendá-lo-ia a amigos que tinha em Manaus, facilitar-lhe-ia todos os recursos para que fizesse uma viagem decente.

A filha volveria ao teto paterno, seria acolhida com todos os mimos e cuidados que se dispensam as almas martirizadas injustamente. Se o Arthur compreendendo o negror de seu procedimento trabalhasse para regenerar-se seria de novo recebido com os braços abertos. Pobre coronel! A desgraça da filha abalara-lhe fortemente a saúde e a esperança que lhe sorria mais próxima era a do túmulo.

Em certas ocasiões revestia-se de coragem e quando o netinho lhe sorria inconsciente e gentil, estendendo os bracinhos como pedir-lhe proteção, desejava viver muito a fim de amparar aquele ente frágil.

Fora cruelmente punido no seu desvelo pela filha!

Achava que um príncipe se honraria desposando-a e escolhera o sobrinho a quem prognosticava um futuro lisonjeiro para que a visse feliz e pudesse morrer tranquilo; mas Deus castigara-o.

Tratara tão mal o rapaz que ousara contemplar de perto a beleza da Nazareth, deixando-se enfeitiçar por ela e expulsara-o como um lacaio indigno! Agora ele voltara a tempo para esmagar com um rasgo de generosidade o genro viciado e corrompido que em poucos dias esbanjara uma fortuna.

A providência se revelara fazendo-o beber o travoso cálice do desengano. Urgia debelar o mal e o melhor partido a seguir era fazer com que o Arthur fosse para longe buscar a reabilitação no trabalho a que até ali se eximira adiando sempre de um dia para outro o emprego garantidor da abastança doméstica e do futuro da família.

XXI

Davam 6 horas no relógio da Sé. O Chiquinho tendo acabado de jantar saboreara uma pequenina xícara do delicioso café – a melhor sobremesa – e muito preferível aos doces e bons-bocados e preparava-se para ir dar umas voltas no passeio.

A noite prometia ser linda. Estrelas apareciam aqui e ali no firmamento. Soprava o brando zéfiro[54] agitando hastes cobertas de flores e o velho mar a soluçar fremente embalava os ouvidos na rude carícia das ondas. Uma senhora com o rosto oculto em um véu cor de lilás com pontinhos brancos entrou em um dos salões laterais do hotel e falou baixinho ao criado. Este achegou-se do Chiquinho e chamou-a à parte.

54 vento agradável

Os salões àquela hora estavam desertos. Saiam os fregueses para fazer a digestão ao ar livre, pelas avenidas frescas rescendentes ao aroma dos resedás em flor. A Nazareth sentou-se em um sofá trêmula, nervosa, a comprimir lágrimas que vinham do âmago do seio.

– Que deseja a senhora? – perguntou-lhe o Chiquinho, informado pelo criado de que ela o procurava

– Uma palavra.

O timbre daquela voz fez o rapaz estremecer, encostando-se ao braço do sofá agitado por uma comoção súbita.

Ela ergueu o véu e um semblante belíssimo, enaltecido pelo vestígio da dor apareceu, aumentando o embaraço visível da moça.

– A senhora! – E não encontrava palavras, baixava os olhos, como se ele fosse culpado para com ela, ou como se não lhe assistisse mais o direito de olhá-la de frente.

Ela abriu a carteirinha que guardara no bolso, e a tremer tirou a importância de 500$000 dizendo:

– Vim restituir-lhe os 500$000 que emprestou ao meu marido ontem e agradecer-lhe a sua generosa intervenção, pedindo-lhe ao mesmo tempo desculpa.

Chiquinho olhou o dinheiro com o mesmo gesto de asco com que olhara o cartão e esteve um momento calado. Depois animando-se de súbito, tendo acordado nele, fremente, a dignidade que já estivera prestes calcar aos pés por causa daquela criatura, disse-lhe:

– Eu não tenho negócios com a senhora. Seu marido é que deve entender-se comigo e restituir-me o dinheiro que lhe emprestei.

– Mas, senhor, eu lhe peço receba este dinheiro evitando assim algum desgosto.

O Chiquinho contemplou aquela mulher que amava, tanto trêmula e quase lacrimosa querendo resgatar uma dívida que os desvarios do marido tinham contraído. Estava ali, num salão de hotel, que de uma hora para outra podia ser invadido até pelos próprios jogadores e cumpria terminar aquela entrevista penosa para ambos.

Vinham aos lábios do Chiquinho palavras em borbotão para recriminara Nazareth pela sua instância; porém ele as comprimia, limitando-se a suspirar e fitá-la compungido. Levantara a cabeça, seus olhos se encontraram e os dela traduziram tão eloquentemente a história de muitas lágrimas, o poema secreto de dores tão lancinantes, que ele compadeceu-se da mártir, e em vez de recriminações, disse-lhe meigamente:

– Pois bem, minha senhora, aceito o dinheiro e lamento-a porque é verdadeiramente desgraçada!

As lágrimas represadas desceram, e sob o veuzinho lilás indiscreto que mal encobria a beleza angélica do dolorido semblante, viu-as o Chiquinho fulgirem como pérolas. Ele que era forte e viera de longe ávido por ver a mulher que agora pertencia a outro, ele que curtira saudades veementes no exílio, nas estradas desertas dos seringais, sob a treva do céu amazônico em noites de escuro, ou na corrente dos rios caudalosos em frágil canoa, vendo a morte arrojar-se sobre ele da boca escancarada do anfíbio ou do seio dos pântanos pestilenciais, fraquejou diante daquelas lágrimas.

Estendeu a mão gelada que ela apenas tocou com os dedos trêmulos e entrou desorientado, soluçando, enquanto ela se afastava ligeira como um sonho que se evapora.

Em breve os salões se encheram. A música na avenida tocava variações soberbas, ouvia-se o ruído dos passos, o alegre zum-zum dos prazeres, das expansões da mocidade festiva.

O Chiquinho lá em cima no quarto ainda escuro julgou-se mais desgraçado do que a primeira vez que dormira no barracão longe da pátria milhares de léguas, perseguido pelo ferrão dos piuns, sem poder conciliar o sono, tendo pesadelos horríveis.

Atirou-se à cama mesmo vestido e sentiu que tinha febre. Era o sangue que se revolucionara, abalando-lhe todo o organismo.

Não pode dormir e às 11 horas desceu ao salão onde jogavam.

Bebeu um cálice de conhaque, acendeu um charuto e, sentado junto à janela, acompanhou, o jogo naquela noite bem animado. Invejando a fleuma daquela gente que perdia tanto dinheiro, sem que um só músculo do rosto notasse a mais leve alteração.

XXII

Quando voltou do hotel cansada, sob a ação fortíssima dos nervos que haviam sofrido terrível abalo, a Nazareth mudou às pressas de roupa e recomeçou a sua tarefa de enfermeira do filho.

A febre cedera um pouco; a criança dormia calma, e ela mais tranquila com relação ao estado do pequenito sentara-se na *chaise longue*, a fim de descansar um pouco das emoções experimentadas. Parecia que estivera a sonhar durante o pouco tempo de sua visita no hotel. Teria visto mesmo o Chiquinho? Sim, era ele mais belo e mais simpático do que pela última vez. Sempre bom e generoso livrara o marido do vexame em que se vira nos seus infames compromissos de jogo, e este tão obcecado não via a humilhação que lhe fora infligida pelo nobre rapaz.

Como se podia descer tão depressa a escala da abjecção?! Ela já não acreditava na regeneração do Arthur. Via o sangue frio com que ele arrostava o clamor da opinião pública que o recriminava acremente, admirava o cinismo com que ele ria dos conceitos odiosos erguidos contra seu nome.

E aquele homem tão moço e já tão endurecido no vício era o pai de seu filho!!

O que fazer para reconduzi-lo ao caminho do bem?

Palavras nada produziam, lágrimas só serviriam para exasperá-lo. Felizmente o pai estava ali bem perto de braços abertos para recebê-la, pronto a indenizá-la dos sofrimentos que lhe trouxera o tal casamento visto por ele sob um prisma tão lisonjeiro. Mas, quem não se enganaria naquelas condições?

Quem suporia um moço como o Arthur capaz de rebaixar-se tanto?

Tinha pena dele. A lama em que se chafurdara enodoava-lhe também a pureza da vida, recaia até sobre os arminhos do berço em que repousava o filhinho idolatrado. Mergulhada em profunda meditação foi arrancada de chofre a suas cismas pelos passos do marido que entrava.

Mostrava um semblante alegre, o olhar estava mais límpido. Acercou-se do berço, beijou a mãozinha do filho, tão rósea por entre a cambraia da camisinha sentou-se junto da mulher.

– Que tens, filha? – perguntou-lhe dando à voz uma inflexão amorosa e misturada de compaixão. – Choravas?

Ela não encontrou palavras para responder à interrogação do marido, e apenas uma lágrima mais eloquente do que as outras correu-lhe ao logo da face esmaecida.

– Sei que te tenho causado aflições, minha cara, mas que queres? O homem é sujeito ao erro e aquele que se desvia pelo caminho sinuoso do vício dificilmente retorna à estrada limpa do bem; mas nem tudo está perdido. Vim hoje ter contigo para que me ajudes a sair de um mau passo. Acho-me seriamente comprometido e não quero retirar-me do Ceará sem liquidar minhas dívidas de jogo!

– Suas dívidas de jogo!

Em menos de dois anos ele tinha desbaratado um bonito capital, tinha estragado quase uma fortuna, expondo aos azares da banca maldita do bacará e do voltarete o futuro de seu único filho.

Esperando sempre uma boa colocação ultimamente já não pedia favores ao governo, a quem o sogro fazia oposição e vivia somente para o vício a que se abraçara com verdadeiro delírio.

Ah! O jogo, quantas famílias têm reduzido à miséria, quantas lágrimas tem arrancado às esposas e às mães!

A Nazareth conservou-se um instante calada, depois enxugando uma nova lágrima que viera perolar-lhe a face, disse ao marido:

– Que queres que eu faça para te livrar do mau passo em que te achas, meu pobre Arthur? – Comovida ante o ar melancólico que ele apresentava, fez-se terna, quis salvá-lo por um excesso de bondade, disposta ao sacrifício sublime no seu papel de vítima resignada e misericordiosa.

Ele contou-lhe os prejuízos que tivera nas últimas noites, pintou-lhe com as mais intensas cores as alternativas da vida de jogador, a sedução terrível do vício sobre as naturezas fracas e terminou pedindo-lhe seu adereço de brilhantes para empenhá-lo e assim livrar-se de credores impertinentes.

Não queria dirigir-se ao sogro que ultimamente fugia dele mostrando-lhe o mais profundo desprezo. A tranquilidade do lar estava, pois nas mãos dela. Havia de encontrar o meio de resgatar as joias e então dever-lhe-ia mais uma vez a salvação.

O que podia a mísera responder?

Na véspera desfizera-se do adereço para pagar o compromisso mais sério do marido. Tinha outras joias, mas de que lhe serviria valer-se delas, se a questão do marido eram os brilhantes, que produziriam mil vezes mais e ofereceriam grande facilidade de serem vendidas ou empenhadas?

Ele vendo-a hesitar sentiu-se contrariado e, com a recusa formal que recebeu, encheu-se de raiva. Apoderou-se das chaves do toalete, abriu nervosamente a gaveta em que ela guardava o estojo, virou-a e revirou-a, enquanto ela chorava silenciosamente e nada encontrando exasperou-se.

Aproximou-se dela com um gesto brutal que ainda não tivera até ali, nem mesmo quando abusava da bebida e sacudiu-a dizendo:

– Hás de me dar o adereço ainda mesmo contra a tua vontade.

A altivez do gênio da Nazareth revoltou-se e levantando-se já sem lágrimas ereta e soberba nos assomos da dignidade que não a deixava praticar uma vilania, nem mesmo manchar-se com uma mentira respondeu:

– Eu não posso dar-lhe o adereço, porque ontem empenhei-o para pagar a dívida mais baixa que o senhor contraiu no Hotel do Norte.

Um relâmpago que lhe tivesse deslumbrado de repente a vista não o teria assustado tanto.

Compreendeu que a mulher sabia tudo, lembrou-se do passado, e um pensamento infame surgiu-lhe no cérebro desvairado.

Que pressa tivera ela de pagar os 500$000 do rapaz! Tinha então falado com ele? Quem a informara tão bem do ocorrido? Com certeza haviam falado a respeito de sua vida infamante! O ódio cegou-o, e alucinado, tangido pelo demônio que lhe soprava ao ouvido palavras de vingança deixou a mulher quase desmaiada, nem ouviu os vagidos do filho que acordara assustado com o rumor de seus passos e saiu pela rua a fora como um louco.

Sutilmente a Gloria penetrou na alcova e abalando a prima ainda entorpecida disse-lhe de chofre:

– Vai salvar teu marido da desgraça a que o impeliste com a tua leviandade.

Nazareth supõe-se vítima de um pesadelo e abrindo os olhos estarrecida, saiu desorientada, tropeçando no tapete, como se estivesse sob a influência de um sonambulismo estranho.

Gloria teve um sorriso mefistofélico; seus belos olhos cintilaram e fechando a porta saiu em seguimento da prima saboreando de antemão os deleites ambrosíacos da vingança.

XXIII

O Arthur, no desvario da cólera que aconselhava a vingar-se no pobre rapaz da desfeita que a mulher acabava de fazer-lhe recusando o adereço, entrou tresloucadamente no salão do hotel e vendo o Chiquinho, que acabava de justar suas contas, disposto a ir embora na madrugada seguinte, investiu sobre ele insultando-o, cobrindo-o de epítetos injuriosos.

– Covarde!! – bradava ele perdendo todo o sentimento de delicadeza, não conservando o menor gesto de homem acostumado à prática da boa sociedade. – A tua generosidade era um cálculo infame. Eu sei de tudo o que se passou e não consentirei que os teus intentos se realizem.

O Chiquinho estupefato nem soube a princípio o que responder.

– Este homem está louco ou tem a razão transtornada pelo álcool – disse afinal.

De jogador a bêbado há pouca distância. Quem desbaratava sem o menor vislumbre de decoro a fortuna da família não teria certamente pejo de entregar-se ao hediondo vício da embriaguez.

Os olhos injetados, os lábios crispados em medonhos rictos[55], o gesto de furor, a voz rouca e trêmula, tudo nele indicava uma paixão violenta que explodira furiosa ameaçando chegar ao último extremo. O Chiquinho tinha coragem. Não eram aquelas bravatas que o fariam recuar; mas lembrava-se que tinha diante de si o marido da mulher que, ainda na véspera, vira com a expressão mais viva da dor pintada no semblante, da mulher que viera nobre e digna resgatar a dívida do marido, embora contraída para dar expansão ao vício, da mulher que ele amara tanto e que amava ainda, embora reprimisse o sentimento no amago do peito.

Guardara-lhe a imagem tantos dias, tantas noites, e sob o céu estrelado a bordo, ou em noites de lua na terra do exílio, jamais deixara de pensar nela. Povoava aquela imagem a barraca isolada, quase sem abrigo tendo apenas o companheiro que, exausto pelo trabalho e com o coração livre tratava de entregar-se ao descanso.

Vagando na frágil canoa sobre a corrente caudalosa dos rios gigantescos sentia na brisa que encrespava a superfície das águas um estímulo de esperança e tomava-a por mensageira de um protesto de amor e fidelidade vindo da terra do berço onde ela pensava igualmente nele e implorava a Deus por sua felicidade

Desiludira-se ante a realidade cruel que matara de um só golpe todas as aspirações de sua alma. Nos primeiros

55 riso forçado

momentos tomara-se de ódio por ela; mas sabendo-a infeliz compadecera-se de seu infortúnio e lamentava-a.

A fatalidade colocava-o em frente do rival e este, desvairado atrevia-se a insultá-lo gratuitamente como se ele fosse um farroupilha[56] qualquer sem direito a menor atenção.

Se ele o tivesse agredido reservadamente tê-lo-ia desprezado como a um louco; mas a agressão tivera por testemunhas umas dez pessoas, e ele seria um miserável se a sofresse calado.

Havia de degradar-se tanto por uma mulher que o iludira e nem lhe dera a menor prova de amizade durante a ausência?

Era uma covardia, e ele jamais fugira do perigo.

À calma seguiu-se o tempestear da cólera que deseja uma desforra imediata.

Com uma destreza de que ninguém à primeira vista o julgaria capaz, agarrou o insultante pelo punho e disse-lhe:

– O senhor vai retratar-se do que disse e retirar os insultos que me dirigiu, senão eu esbofeteio-o!

Ninguém quis intervir; porém a maior parte dos espectadores era a favor do Chiquinho e desejava mesmo que ele desse uma lição ao atrevido bacharel, a quem ainda na véspera salvara tão magnanimamente de um apuro emprestando-lhe avultada soma.

Um tipo maldizente, verdadeiro parasita que vivia de falar dos outros e à custa dos outros farejou logo um mistério naquele agredir infrene que bem podia ser motivado pelo ciúme.

– Dizem que é bem bonita a mulher do Dr. Arthur – murmurou baixinho –, e... quem sabe?

56 indivíduo maltrapilho

Mas o que quer que fosse de estranho obrigou-o a não terminara frase.

A Nazareth entrava no salão do clube, no desvario de uma aflição terrível e ao seu aspecto fez-se um silêncio imponente.

A mão que o Chiquinho erguera para esbofetear o atrevido bacharel caiu inerte.

Os espectadores mal respiravam, uns compadecidos daquela mulher tão jovem e bela, a quem o marido dava tão cruéis desgostos, outros desejosos de que o escândalo rompesse os diques da conveniência.

Ela, a pobre moça, mal podia conter o borbotão de pranto que lhe corria ao longo do rosto vendo o marido prestes a sofrer a afronta mais cruel que um homem pode sofrer de outro: ser esbofeteado em público.

Ficou extática sem dar um passo, sem fazer um gesto. Apenas a eloquência das lágrimas, o poder imperioso da formosura aureolada pelo sofrimento, indicavam que ela vivia.

Talvez que nem a visse o Arthur cego de raiva, ébrio de furor.

Aproveitando o momento em que os assistentes daquela triste cena se distraíam com a entrada da Nazareth atirou-se de novo sobre o seu antagonista, e sacando o punhal traiçoeiro que trazia no bolso feriu-o de um lado.

O rapaz vacilou, quis falar; mas a voz prendeu-se-lhe na garganta. A perda de sangue ocasionou-lhe vertigem e caiu, enquanto o Arthur saía precipitadamente, sem que ninguém pensasse em detê-lo, tão grande fora o pasmo e tão rápido o ataque.

Correram a acudir o Chiquinho; mas um grito horroroso repercutiu nos âmbitos do salão. A Nazareth debatia-se em um violento ataque de nervos e jazia semimorta estendida no soalho.

A confusão foi enorme. Soaram os apitos, correram muitos no encalço do fugitivo, e enquanto chegava o médico, trataram os que tinham mostrado mais interesses de reanimar as pobres vítimas.

Foram chamar o coronel.

A estas horas escrevia ele as cartas mais instantes ao amigo de Manaus recomendando-lhe o genro.

Chegou pálido e trêmulo ao hotel, vendo o estado da filha, a quem o éter fazia recobrar pouco a pouco os sentidos julgou-se tão envergonhado e infeliz que desejou não mais vê-la restituída a vida.

Sim! A morte era preferível a uma existência tão atormentada como a que ela arrastava, ligada a uma criatura sem decoro e cujo fim devia ser desastroso, se não entrasse no caminho do dever regenerando-se do passado envilecido. Grossas lágrimas corriam ao longo das faces do venerando coronel e ele nem pensava em contê-las, nem se sentia constrangido diante daquela gente, porque a verdadeira dor impõe sempre respeito.

Afinal a Nazareth abriu os olhos e, como se despertasse de um forte pesadelo, agarrou-se ao pai num gesto febril desatando em soluços.

– Quero sair daqui – disse –, leve-me para fora. Quero respirar!

Neste tempo, o médico, tendo terminado o exame feito no ferimento do Chiquinho, declarava ser grave o estado dele e que era preciso levarem-no à Santa Casa, onde havia mais facilidade de fazer-se um curativo em regra.

O coronel tendo acompanhado à casa a filha que fora levada cuidadosamente em uma cadeira mandou ver o netinho e um instante conservou-o nos braços apertando-o bem junto do coração.

Ao influxo daquela tepidez suave como um carinho sentiu-se reanimar.

Beijou repetidas vezes o rostinho angélico da criança e depois dirigiu-se ao quarto da Glória.

Chamou-a por muito tempo, bateu à porta. Ninguém respondeu. Àquela hora onde teria ela ido?

XXIV

Estará desperto?

Ainda atordoado, parecendo estar sob a influência de um mau sonho, o Chiquinho em uma enfermaria reservada, para onde fora recomendado pelo médico, nem podia ainda coordenar as ideias.

Na véspera telegrafara para a família prevenindo-a de que no dia seguinte iria abraçá-la e a fatalidade fizera dele uma vítima. A Nazareth lhe era funesta! Por causa desse amor que ele recalcara no íntimo do peito com o maior heroísmo, estava sofrendo horrorosas dores! Mas... que culpa tinha a pobrezinha? Não era igualmente uma vítima? Não sofria o maior suplício que uma mulher pode experimentar neste mundo – as consequências de um casamento desastrado?

No meio dos pensamentos sem nexo que se cruzavam em seu cérebro desvairado uma ideia mais o pungia: a desolação de sua pobre mãe que o esperava tão alegre, ansiosa por estreitá-lo nos braços! Como preveni-la de sua infelicidade? Devia levar-lhe a triste nova um telegrama no seu terrível laconismo?

Contudo não podia ficar assim sem explicação a sua demora. Ia pedir que escrevessem, não explicando o que se tinha passado; mas chamando seu pai sob um pretexto qualquer.

Pensando na revolução que haveria em sua casa, onde tudo era alvoroço e festa, não podia conter o pranto. Fazia-lhe mal qualquer comoção forte, pois o médico recomendara sossego; mas para que ligar tanto interesse à vida naquelas condições?

A irmã encarregada da enfermaria veio dar-lhe o remédio e com a delicadeza que tem a verdadeira caridade ajeitou-lhe a cabeça sobre o travesseiro, passou-lhe a mão pela face enfebrecida e recomendou-lhe que descansasse.

Ah! Se ele o pudesse fazer! O sono é um balsamo para os que sofrem; mas a fraqueza torna-o tão rebelde que em vão procuramos desfrutá-lo para esquecer.

Era a hora da visita. Uma mulher ainda jovem, envolta em um véu negro e espesso, entrou na enfermaria e acompanhada de moça que auxiliava a irmã nos seus misteres[57] de caridade aproximou-se da cama do Chiquinho.

Este sentiu o coração bater com mais força e lançou um olhar curioso sobre a recém-vinda que erguera o véu. Era a primeira vez que via aquele rosto levemente moreno, onde fulgiam dois olhos negros a despedirem chispas de luz.

Achou bem graciosa aquela moça em todo frescor da idade, elegante, a desprender de si esta graça irresistível que denuncia a mulher da moda e lembrou-se da Nazareth.

57 propósitos

Que lhe quereria aquela jovem? De onde o conhecia? Que interesse podia ligar ao estado em que ele se achava?

– Como vai? – lhe perguntou ela, estendendo-lhe a mãozinha aristocrática, betada veias azuis e tresandando de leve a essência de rosas.

– Melhor – respondeu ele –, muito obrigado! Apenas a fraqueza me incomoda ainda bastante.

Então ela desembaraçadamente sentou-se à borda do leito, e mais baixo, como se quisesse que ninguém a ouvisse disse-lhe:

– Sou prima da Nazareth, e vim a pedido dela vê-lo.

– Oh! – e não pode dizer mais nada o Chiquinho. No meio de seu sofrimento a lembrança dela fortalecia-o! Não o esquecera de todo! Era boa e generosa para com ele. Sabendo-o ferido pelo esposo tresloucado que lhe infligia as mais rigorosas torturas, mandava aquela gentil mensageira informar-se das condições em que estava.

A Gloria mentia descaradamente, pois saíra da casa a da prima desde a véspera; mas um interesse a impelia fazendo aquela visita.

Com a linguagem melíflua de atriz com que sabia iludir os mais espertos descreveu ao rapaz a vida intima da Nazareth, o arrependimento que ela sentia de haver casado, os desgostos que sofria por ver o marido jogar desenfreadamente atirando todos os recursos da família na voragem do vício, e terminou contando-lhe que, para satisfazer a dívida de 500$000 que o marido contraíra para com ele, empenhara o adereço de brilhantes, a melhor joia que possuía.

O Chiquinho ouviu-a falar sem balbuciar uma palavra e quando ela ia retirar-se, vencido pelo encanto que a envolvia e que excitava a confiança ao primeiro lance de vista, pediu-lhe o obséquio de receber os 500$000 para desempenhar o adereço.

– Espero que a senhora há de arranjar isto muito bem. Será o maior obséquio que poderá prestar-me e eu jamais o esquecerei.

Guardara o dinheiro em uma carteira que estava sob o travesseiro, abriu-a com algum esforço e entregou à Glória a quantia que recebera na antevéspera das próprias mãos da Nazareth.

Poderia acaso desconfiar daquela criatura adorável, de voz tão blandiciosa, para quem a Nazareth não tinha segredos?

Satisfeito por ter tido uma prova palpitante de que ela não o odiava e antes ligava interesse à sua saúde conservou-se calmo e não tardou a adormecer.

O sono fez-lhe um bem enorme, e quando o médico veio vê-lo encontrou-o nas mais lisonjeiras condições.

E mandou repetir o remédio.

Mal sabia ele que, além do medicamento, outra coisa influíra poderosamente para as melhoras do rapaz.

XXV

Ouve-se o apito do trem.

Na casa do Chiquinho recrudesce o alvoroço.

A Loló radiante de alegria dá uma olhadela ao espelho e, colocando nos negros cabelos um boião de rosa branca, chama o pai e os irmãos para irem à estação.

A mãe não sabe o que fazer para que almoço seja o melhor possível.

Vai da caçarola de galinha feita de molho pardo à frigideira do lombo apetitoso, bate os ovos para a omelete, limpa o paliteiro, endireita os guardanapos, verifica se está tudo em ordem e ainda lhe sobra tempo para olhar para a porta da rua.

A vizinhança está igualmente alvoroçada. Todos querem bem ao rapaz e desejam abraçá-lo depois de tão longa ausência. Até as ex-namoradas mostram-se prazenteiras e preparam ramalhetes de flores para desfolhar à sua chegada. Uns frêmitos de alegria sacodem os corações sinceros daquela gente que não sabe fazer cumprimentos em frases rebuscadas, mas que revela o sentimento da alma na cor rosada das faces, na expressão dos olhos e na alvissareira dos sorrisos.

– Desta vez o Chiquinho casa mesmo – diz a Joaninha, a filha do carpina que era uma das pretendentes do rapaz.

– Talvez. Dizem que os seringais são muito tristes e para quem vai sozinho a vida ainda é pior.

– Sabes? A namorada do Chiquinho, aquela magricela da cidade, casou.

– Ah! Com que cara vai ficar o Chiquinho! Também se ele casasse com ela em menos de um ano ficava viúvo.

– Mas como tarda o trem! – dizia uma outra.

– Olha a Mariquinhas já foi para a estação com a mala do correio.

Ouviu-se um silvo mais aproximado, e daí a momentos o fumo da máquina turbou a transparente nitidez do ar.

A gritaria dos meninos de tabuleiro ressoou.

– Olha o café! O leite! O cuscuz! A aguardente da boa!

As cegas, a cuja frente ia a Sra. Agueda, levantaram-se, o galpão ficou deserto e o rumor que se agita sempre à chegada dos trens se fez ouvir num crescendo espantoso.

Nada de Chiquinho!

– Não veio! Não veio! – dizia a Loló desapontada.

– É possível?! – E o velho percorreu os carros indagando, já aflito, pensando que tivesse acontecido alguma coisa ao filho

– Ele há de telegrafar. Teria perdido o trem?

– Não creio. Madrugador como é e tendo nos prevenido que vinha hoje só alguma coisa extraordinária poderia privá-lo de cumprir a palavra.

O velho entristecera e um pressentimento negro invadia-lhe a alma. A Loló sustinha a custo as lágrimas.

Voltaram imensamente tristes, pois nem uma carta explicava a demora do rapaz. A mãe aflita veio recebê-los com mil perguntas, e por entre lágrimas comentou de diferentes modos a demora do filho.

Toda a alegria converteu-se em tristeza e os guisados em um abandono imerecido ficavam intactos nas caçarolas, pois ninguém se lembrara de almoçar com aquele desânimo que se segue à uma decepção.

– Um telegrama! Até que enfim!

E trêmula, nervosa a Loló apoderou-se do envelope que lhe entregara o agulheiro e mal pode rasgar o invólucro.

– Que teria acontecido, meu Deus? Para que quer o Chiquinho meu pai?

Os soluços explodiram.

Mil perguntas se fizeram; a vizinhança alarmou-se e os que esperavam fartar-se no cheiroso aluá e em algum trago de bom vinho ficaram fazendo cruzes na boca.

O telegrama dizia:

"Preciso falar meu pai antes seguir.
Venha hoje."

XXVI

A Gloria atravessou ligeiramente a rua naquele andarzinho faceiro com que corria às aventuras no Rio de Janeiro e com o véu descido, como quem deseja não ser conhecida, dirigiu-se à uma casinha retirada no outeiro, por traz do colégio das educandas.

Nela morava um sapateiro compadre da mãe da Gloria e que lhe era muito dedicado e fora ali abrigar-se o Arthur, até poder livrar-se da enrascada em que se envolvera ferindo o rapaz.

Aflito para sair da Capital, onde de um momento para outro podia ser descoberto, combinara com a Gloria ir esta visitar o doente à Santa Casa e arranjar as coisas de modo que os tais 500$000 voltassem à sua mão. O estratagema tivera bom resultado.

A Gloria entrou resplandecente de alegria e disse jubilosamente:

– Está salva a Pátria!

O Arthur abraçou-a num transporte de gratidão. Aquelas duas almas torpes estavam unidas e iam de hora em diante trabalhar juntas para sua felicidade culpada.

O Norte lhes acenava com a perspectiva de lucros auferidos à custa das maiores infâmias.

O *quid*[58] estava em poder embarcar, disfarçando-se de modo a não serem conhecidos.

O sapateiro prometeu arranjar as passagens; tinha um amigo que morava na praia e gostava de se encarregar desses negócios, mediante uma boa espórtula[59].

Para a casa dele foram o Arthur e a Glória, e no dia seguinte; ele com uma simples blusa de operário e ela singelamente vestida, parecendo uma costureira despreocupada e honesta tomaram passagem no vapor "Espírito Santo'.

Dir-se-ia, ao vê-los tão junto sempre entregues a conversas misteriosas, que eram dois noivos saboreando os dulçores da lua de mel.

Felizmente nenhum conhecido mais perspicaz pode adivinhar que sob aquele traje grosseiro ocultava-se um bacharel que deixara nome na Academia e ainda há pouco dias flanava nos clubes perdendo somas fabulosas tentado pelo demônio do jogo.

A Gloria, para chegar ao fim a que se punha, persuadira ao Arthur que a mulher não o amava e mais de uma vez lhe confessara ter se arrependido do casamento que contraíra, somente para tomar uma desforra pela ausência do namorado, a quem jamais esquecera.

58 do latim: dificuldade

59 gratificação

Caluniava a prima como maior sangue frio, com aquela indiferença que tinha outrora para saquear as bolsas dos rapazes de sentimento poluídos.

O Arthur considerava a mulher capaz todas as deslealdades e felicitava-se por ter ferido o antigo rival, pondo-o, ao menos por algum tempo, fora de combate.

Fazer da Gloria sua amante era um sonho feérico; mas associar-se aos proventos que ela podia auferir na indecente especulação de sua beleza era mil vezes mais agradável.

Incapaz de compreender a beleza moral da esposa, passada a embriaguez dos primeiros meses de casado, abandonara-a completamente pelo jogo e em seguida, preso cada vez mais em sólidas correntes, submergira-se mais fundo no negro abismo da desmoralização pública.

Fazia-lhe mal sofrer aquele desprezo bem-merecido, ver fecharem-se à sua passagem as portas que se lhe franqueavam e, sobretudo, a escassez de recursos que não lhe permitia satisfazer a paixão devoradora causava-lhe desvarios de loucura.

Ter dinheiro a todo o transe era o seu ideal. Uma mulher nas condições da Gloria, cheia de seduções e de defeitos, convinha-lhe perfeitamente. Assim pactuaram de corpo e alma viver juntos.

A bordo jogavam. O Arthur arriscou algum dinheiro e ganhou. Isto era um bom auspício para ele que ia entregar-se dali em diante a toda sorte de aventuras. A Gloria quis conservar-se à sombra até chegarem ao Pará. Não lhe convinha expor-se assim tão depressa aos galanteios da rapaziada de bordo. Ficara bem escarmentada[60] do epílogo de suas primeiras aventuras e a cama do hospital onde

60 experimentada

curtira longas noites de febre em vigílias desesperadas, não lhe saía da imaginação.

Era preciso saber marcar bem o alvo para não perder o trabalho.

O Arthur tomou amizade com um dono de seringal que ia ao alto Purús levando alguns míseros cearenses sugestionados por promessas deslumbradoras e a quem encantava os belos olhos da Gloria velados pela sedutora modéstia.

Saltaram juntos no Pará. O amazonista levou-os a um bom hotel, pagou a despesa, mostrou-se generoso e, vendo o fraco que o Arthur tinha para o jogo, favoreceu-o emprestando-lhe dinheiro.

A Gloria fez-se garrida, e vendo que o sujeito estava enfeitiçado, pôs em campo as suas manobras com as quais contava sempre vitória.

O Arthur com a febre de jogo tornava-se um trambolho e, como o amazonista era um rapagão sacudido, e endinheirado parecendo não ter em muita conta os contos de reis, tratando-se de desfrutar a vida. Uma bela noite em que o Arthur jogava, arriscando 100$000 que lhe dera o amigo, a Gloria fugiu com ele e no outro dia, no vapor da casa fornecedora, singravam ambos as águas do rio. Enlevados nas promessas que se faziam um ao outro de se quererem muito e de casarem logo que chegassem ao ponto terminal da viagem, prosseguiram em agradável travessia, sem incidentes até Canutama, onde se demoraram alguns dias.

O Arthur voltando para o hotel deu com bilhete em que a prima explicava-lhe a partida e terminava dizendo:

> *"Quebrei o meu compromisso; mas como dois bicudos não se beijam trata de procurar a tua vida sob a proteção da dama de ouros, que eu vou aventurar-me nas campanhas dos valetes do amor."*

– Miserável! – bradou o Arthur amarrotando o bilhete. – Mas, afinal de contas aquela toutinegra[61] podia ser-me fatal, e assim foi melhor ter batido a linda plumagem!

61 ave

XXVII

Depois de muitos dias passados num abatimento que fazia recear uma grave enfermidade, a Nazareth pode levantar-se e dar um curto passeio no jardim. Estava no fim do inverno, as flores cheias ainda da louçania hibernal espalhavam emanações de suavíssimos perfumes. Entrava alegremente um raio de sol por entre as ramarias de um caramanchão de madressilvas e jasmins, a cuja sombra o coronel gostava de tomar o seu café à tarde.

Ela, muito pálida, contemplava em silêncio a pequena área ajardinada que se estendia a seus pés e uma lágrima aljofarada perlava-lhe o rosto gentil.

O pai achegou-se dela, o andar vagaroso, arrastando os pés, parecendo sofrer interiormente um mal que não custaria muito a levá-lo à sepultura. Desde a fatal noite em que o genro se exibira tão desastradamente no salão do hotel, trouxera a filha para sua casa e cuidara dela com o mais afetuoso desvelo.

As irmãs também tinham sido incansáveis em rodear a pobre moça de atenções e cuidados e, à custa de muito extremo, conseguiram que ela voltasse daquele desânimo que ameaçava empolgá-la.

Nunca mais o coronel pronunciara o nome do Arthur; havia posto a irmã em campo para indagar o paradeiro da Gloria; mas tinham sido baldadas[62] todas as investigações.

Informara-se diariamente do estado do doente e afinal tivera a satisfação de saber que ele, já em convalescença, fora para o povoado e que arranjara uma engenhosa história para explicar a agressão de que fora vítima, pondo inteiramente a coberto a reputação de Nazareth.

Completava-se três meses que o Arthur embarcara e nem o mais leve indício havia sido divulgado do roteiro que seguira.

O Oscar estava um mimo, era o raio de sol que alegrava o interior daquele lar mergulhado em trevas. Quando entreabria um sorriso meigo sacudindo os bracinhos num gesto desenvolto e grácil parecia animar aquelas criaturas que o infortúnio ferira tão desapiedadamente, e como grácil que lhes dizia nos balbucios encantadores: "Não sou eu o mais belo mensageiro da esperança, a melhor garantia da paz?" "Para que tantas lágrimas?"

Realmente elas iam escasseando à porção que os seus sorrisos se tornavam frequentes.

A Nazareth quando o tinha nos braços sentia um calor benéfico aquecer-lhe o coração regelado e desejava viver para poder apertar por muito tempo o corpinho neve-róseo

62 fracassadas

que lhe comunicava resignação e conforto e experimentar ainda a doçura balsâmicas daqueles beijos a compensá-la dos travos de fel que seus lábios haviam tragado.

Pensava a miúde no Chiquinho ferido por causa dela e arriscando-se a morrer; mas aquele pensamento não lhe causava o mais leve remorso.

Sentia por ele um afeto calmo, como se o sofrimento tivesse santificado aquela estima e dado ao seu amor um caráter elevado.

Não odiava o marido e pedia a Deus com fervor que o trouxesse regenerado e arrependido.

Naquela tarde de maio descera ao jardim e ao sentar-se no banquinho rústico veio-lhe à ideia o pequeno povoado onde fora convalescer. Fechou os olhos e pareceu-lhe ver uma casinha meio arruinada. Em um quarto mal esclarecido agonizava uma velhinha tisica, enquanto duas raparigas na flor da idade choravam desesperadamente. Ela sustentava a vela cuja luz bruxuleava ao vento que entrava pelos interstícios das paredes esburacadas e um rapaz moreno e simpático em extremo chegava aos lábios da moribunda o símbolo da redenção. Esse quadro estava tão nítido no seu espírito que parecia ter-se passado aquela cena na véspera.

O pai veio arrancá-la dessa reminiscência, dessa dulçorosa recordação do passado em que havia uns laivos de saudade e, batendo-lhe levemente no ombro, disse-lhe com ternura:

– Em que pensavas, minha filha?

Ela teve um sorriso desconsolado e, liando o que o pai sofria por causa dela, mostrou-se calma.

– Eu nem sei mesmo em que pensava, meu pai.

Conversaram alguns instantes sobre coisa triviais.

Em seguida, fazendo um violento esforço, o coronel tirou do bolso um pedaço de jornal marcado com um lápis encarnado e mostrou-o à filha.

A leitura do fragmento fez subir às faces da Nazareth uma onda de sangue.

Entregou-o ao pai e disse resoluta:

– São muito infames esses que procuram analisar a vida alheia para deleitar o público com escândalos e novidades; mas eu sei o que hei de fazer.

– Devias requerer o divórcio, rompendo de uma vez os laços que te prendem àquele miserável.

– Oh! Meu pai, não fale assim! Ele é o pai de meu filho e eu, no caráter de sua esposa, tenho o dever de socorrê-lo e de tratá-lo em casos como este em que se encontra agora. Abandoná-lo quando ele expia os desvios de uma vida viciosa, à míngua do socorro dos homens, seria de minha parte uma ação revoltante, e eu jamais praticarei assim.

– É nobre e admirável o teu procedimento, minha filha, mas hás de fazer um sacrifício inútil. Pensa na tua saúde debilitada, no teu filhinho, em mim que já me sinto próximo do túmulo e deixa o teu marido colher os frutos das boas obras que praticou. Deus é infalível na sua justiça e cedo ou tarde pune os criminosos.

– Se ele fosse feliz eu não me resolveria a associar-me ao seu destino; mas é desgraçado e não posso abandoná-lo à corrente da sorte adversa.

Calaram-se. Ela releu o trecho do jornal e disse com firmeza:

– Estou decidida a embarcar no primeiro vapor e espero que não se oporá ao meu desígnio que é ditado pela consciência

Levantou-se já com um passo mais firme e o velho mirou o heroísmo inquebrantável que a fazia esquecer as torturas sofridas e a impelia ao encontro do marido, de quem a nestes termos:

> *Baixou ontem ao Hospital de Misericórdia um moço que foi acometido de uma congestão na Hospedaria ** quando se entregava a um jogo desenfreado em que perdera o último ceitil*[63]*.*
>
> *Tratando-se de verificar a identidade do referido moço, chegou-se a saber que é o bacharel Arthur Pedrosa Guimarães, cearense, casado com uma senhora distintíssima, filha de um ilustre coronel que prestou relevantes serviços à causa do bem público.*
>
> *Lamentamos este acontecimento encher de aflição a família do inditoso bacharel, que tão mal sabe presar os seus foros de homem bem-educado aviltando-se nas baixas espeluncas do vício etc. etc.*

63 moeda

XXVIII

Coronel Pedrosa teve que conformar-se com a deliberação da filha, que, em tomando uma resolução inspirada pelo dever, tratava logo de a pôr em prática.

Foi decidido que a mãe da Gloria acompanhasse a Nazareth na viagem e o Oscar ficasse entregue aos carinhos do avô e aos desvelos das tias. Custou a Nazareth muitas lágrimas ter que separar-se do filho, alegria única de sua existência; mas a natural bondade de que era dotada impulsionava-a e não trepidaria diante dos maiores sacrifícios para arrancar o marido à vida infamante que arrastava.

Pensava em mil planos para chamá-lo ao caminho do bem, caso ele se restabelecesse, e, embora tivesse de sair do Ceará, onde a prendiam os mais doces laços da família e da amizade, preferiria ir viver com o marido algures e a poder da mais solicita afeição reconquistá-lo em uma reabilitação completa.

Durante a viagem chorou amargamente. A fuga do Arthur e o desaparecimento da Gloria tinham-lhe esfacelado a alma. A prima fora ingrata em extremo, pagando-lhe com a mais negra traição a generosa e fidalga hospitalidade que lhe dera.

Às vezes pensava nas consequências da união do marido com a Gloria e um estremecimento de indignação sacudia-lhe os nervos provocando-lhe náuseas.

O balanço do vapor, o murmúrio das ondas a entoarem a queixa saudosa do mar levava-lhe o espírito ao passado e, comparando-o ao presente horroroso, experimentava a sensação de quem se vê no cairel de um despenhadeiro prestes a sentira vertigem da fascinação.

Saltou no Pará abatida fisicamente, mas no moral robustecida pela coragem que a tornava capaz de grandes dedicações. Procurou a casa de um amigo de seu pai, um português rico, o Sr. Amorim, a quem fora recomendada, e depois de ter descansado algumas horas, dirigiu-se à Santa Casa.

Aí, ao ver o marido como uma criatura sem família, atirado ao leito da caridade, acometeu-a uma crise nervosa, da qual melhorou depois de ter chorado convulsivamente durante uma hora.

O Arthur conheceu-a, teve mesmo um sorriso vendo-a à borda do seu leito e no dia seguinte era transportado para a casa do amigo do sogro, onde foi tratado com todo o desvelo.

A Nazareth não se poupou às maiores fadigas, levou noites e noites velando cuidadosa para que ele tomasse a poção receitada pelo médico à hora marcada e teve a satisfação de vê-lo dentro de 20 dias completamente reestabelecido. Teve vontade de perguntar pela Gloria, mas a tia antecipou-se, e ao saber que a filha se internara nos seringais em companhia de um homem que lhe prometera casamento não pôde conter uma explosão veemente de dor. O amor materno sensibiliza as criaturas mais endurecidas, e ela previa a desgraça da mulher que se deixa seduzir por falazes promessas e tudo sacrifica por um homem às vezes incapaz da mais leve prova de afeição.

Ao ver o marido bom a Nazareth interrogou-o, a fim de saber se ele contraíra dívidas e em que disposições se encontrava, se queria demorar-se ainda no Pará, ou preferia subir até Manaus, onde o pai desejava que ele abrisse escritório de advogado?

Voltar ao Ceará é que não convinha a ela, reconhecendo quanto a presença do filho era necessária ao velho coronel, já bastante doente e cheio de magoas, precisando daquele raio, de sol como uma planta definhada, preferia estar separada do filho. Além disto o clima do Amazonas podia ser fatal à criança que ainda estava no perigoso período da dentição.

Ele respondeu que devia uns 400$000, que desejava pagar com a máxima brevidade e pedia à mulher que esperasse ainda uns 15 dias na capital do Pará.

O amigo franqueava a casa, pois devia grandes favores ao coronel e desejava mesmo concorrer para a cura moral do Arthur. Além disto a beleza e a bondade inexcedível de Nazareth tinham-lhe despertado o maior interesse e ser-lhe-ia grato vê-la feliz indenizada do que sofrera. Animou muito a moça, ofereceu-lhe seu auxílio com a melhor vontade, e ambos tiveram uma amarga decepção quando chegou à noite e não viram o Arthur à mesa do chá.

O vício tê-lo-ia empolgado de novo?

O generoso homem tratou de indagar nas diversas casas de jogo mais em voga e soube, com verdadeiro desprazer, que ele não somente deixara de pagar as dívidas, mas arriscara ainda imprudentemente em grandes paradas todo o dinheiro que a mulher lhe dera para satisfazer seus compromissos!

XXIX

Triste daquele que envereda nas sinuosidades do vício, se à destra da Providência não o detém no seu caminhar incerto.

O Arthur insensível ao amor puro da esposa, verdadeiro anjo do lar a estender sob ele as nevadas azas, sem olhar para o futuro, já esquecido da forte lição que lhe dera o isolamento do hospital, ao lado dos deserdados e dos miseráveis, continuou a jogar com frenesi, com loucura. Quando perdia vingava-se no absinto, esquecia os revezes de um vício no seio de outro vício mais degradante.

Entrou por duas vezes completamente embriagado. Maltratou a Nazareth com palavras desabridas[64], acoimando-a[65] de ciumenta. Fez alarde dos dias passados

64 rudes

65 tachando-a

a bordo ao lado Gloria, referências grosseiras ao matuto dos 500$000, como chamava ao Chiquinho. Ela ouviu-o calada, esmagada sob aquela brutal explosão de álcool e de maus sentimentos, e aflita pelo procedimento do marido na casa alheia, teve apenas no pranto o desafogo da mágoa intensa. Esperou que ele estivesse calmo e no outro dia falou-lhe da viagem para Manaus.

– O nosso dinheiro está se esgotando – disse – e não nos fica bem abusar tanto tempo da delicada hospitalidade que nos foi dispensada.

– Dá-me com que pagar as minhas dívidas, filha, e eu estou pronto a acompanhar-te até o fim do mundo.

– Sim, as tuas dívidas serão pagas. Vou comprar passagens, pois o vapor deve partir amanhã e pedirei ao Sr. Amorim para encarregar-se de tudo.

– Realmente fazes muito pouco em mim, ou julgas-me tão mentecapto que me deixe embair[66] com as tuas promessas! O que desejas é que a minha desmoralização seja conhecida, pois, em vez de me facultares os meios para pagar meus compromissos encarregas alguém de liquidá-los; mas não o consentirei. Vais dar-me o dinheiro de que preciso já e já, senão o escândalo será medonho e eu narrarei ao nosso obsequioso hóspede a cena passada no hotel do Ceará contigo e o teu namorado, a quem sinto não ter ferido no coração.

A pobrezinha assim ultrajada levantou rosto aljofrado de lágrimas e ante a expressão de tão simpática fisionomia divinizada pelo martírio, qualquer outro que não fosse o Arthur ter-se-ia apoderado de vergonha e cairia de joelhos pedindo perdão dos erros que a trucidavam tanto. Ele,

66 seduzir

porém, conservou-se impassível. A Nazareth, como se obedecesse à uma força autônoma, abriu o baú e tirou dele o dinheiro que lhe entregou tremendo.

À noite esperaram embalde o Arthur. O Sr. Amorim vendo a moça enxugar as lágrimas disse-lhe:

– Minha senhora, o seu marido mata-a! Volte para o Ceará onde a esperam o amor de seu pai e o carinho de seu filho. Não é porque me pese hospedá-la, no que tenho a máxima satisfação, mas no pé em que as coisas vão seu marido não tardará a arrastá-la ao fundo do abismo em que resvalou.

No outro dia estava no domínio público o grande roubo feito em um importante e estabelecimento de um português, ainda aparentado com o Sr. Amorim.

Nazareth quando ouviu falar nele teve um sobressalto. Do jogo à embriaguez desceria o marido ao furto? Era horrível pensá-lo! E, no entanto, mais tarde suas previsões se realizaram, quando a polícia entrou em casa do Sr. Amorim à procura do Dr. Arthur Pedrosa, um jogador de profissão, inculcado como cúmplice do roubo feito em uma importante casa comercial da praça de Belém.

Eram as fezes do cálix. A inditosa[67] Nazareth tragou-as com o estoicismo da virtude retemperada nas mais rudes e contínuas provas. Depois de uma crise, que a colocou em uma prostração enorme, pôde levantar-se e a sua primeira ideia foi voltar ao Ceará.

Sr. Amorim pediu-lhe que se demorasse uns dias para avigorar as forças grandemente abatidas, depois do que acompanhá-la-ia à sua terra.

67 infeliz

Tinha ali que liquidar um negócio e aproveitava o ensejo para pôr à disposição dela sua companhia durante a viagem.

Na véspera da partida a Nazareth quis ir em pessoa à hospedaria que o marido mais frequentava a fim de pagar-lhe as dívidas e conversar com o dono da casa a seu respeito.

Ao entrar na sala teve uma grande surpresa que a deixou extática. O Chiquinho sentado a um sofá parecia entregue à funda meditação, e ao vê-la levantou-se como impelido por uma força estranha.

– O senhor!

– A senhora!

Afluíam as palavras aos lábios; mas tolhia-as a emoção fortíssima de se verem assim tão inesperadamente. Conservaram-se mudos por alguns momentos.

Afinal, serenando um pouco, a Nazareth perguntou ao rapaz:

– Ficou de todo restabelecido?

– Felizmente, minha senhora, ainda não havia chegado minha vez; mas como está mudada! Acha-se doente? Reside agora nesta capital?

Convidou-a a sentar-se, porque viu-a trêmula, prestes a desmaiar. O Sr. Amorim fora falar ao dono da casa pedindo-lhe a conta do Arthur, e ela, já não podendo ter-se em pé, sentou-se maquinalmente no sofá. O Chiquinho conservou-se levantado, apesar do tremor que o invadira.

– Estou aqui simplesmente de passeio e sigo amanhã para o Ceará.

– Ah!

Quis perguntar-lhe pelo marido; mas tal pergunta pareceu-lhe uma indiscrição.

– Permita-me que lhe agradeça o interesse que tomou pela minha saúde mandando a sua prima visitar-me em seu nome na enfermaria da Santa Casa. Eu não merecia tanto; mas... como eu desejava vê-la! Tinha tanto que dizer-lhe, e nada me ocorre neste momento. Queria perguntar-lhe qual o motivo do ódio que seu marido me vota e por que razão quis, traiçoeiramente, matar-me.

– Nada lhe posso dizer, e seria melhor que não me perguntasse. Tenho sofrido muito e agora confesso-lhe tudo porque reconheço a sua generosidade e talvez seja esta a última vez que nos encontremos. O senhor volta aos seringais, à procura de um futuro que lhe sorri no horizonte vasto de sua existência de moço, enquanto eu, triste e descoroçoada[68] pelo infortúnio volvo ao lar paterno a fim de refugiar-me dos vendavais da sorte nos amores que não falham nunca: entre meu pai e meu filho inocente.

Não pode continuar. Uma torrente de lágrimas inundou-lhe o rosto. O Chiquinho vendo-a naquela aflição teve vontade de cair-lhe aos pés para pedir-lhe perdão.

Mas de que se acusava para com ela?

Tê-la-ia ofendido ao menos com um pensamento indigno? Não! Ele a considerava a mais perfeita e a mais elevada de todas as mulheres e respeitava-a com o mesmo acatamento que tributava à sua mãe e irmã.

68 desanimada

XXX

Ao avistar as praias cearenses, alvas e graciosas, banhadas por um claro sol de julho, ao ver emergir dentre os coqueirais a cidade forte, imortalizadas pelas vitórias da jangada abolicionista, ao sentir o bafejar das brisas marinhas a refrescar-lhe a fronte, ao pensar que se aproximava do lar, onde abraçaria seu pai e irmãs e o onde teria a inefável ventura de beijar uma e mil vezes o filhinho idolatrado, a Nazareth mediu toda a extensão de seu infortúnio. Voltava só, tendo perdido o grande sacrifício que fizera, havendo sido inúteis todas as provas de acrisolada dedicação que dera ao marido.

Ela, a mulher de um ladrão!

Horrorizava-se, sentia repulsão por si mesma. Por um funesto encadeamento, o Arthur deixara-se ir de um vício a outro, até afunda-se de todo no lodaçal mais imundo. Compreendia que ele, só por um milagre, conseguiria regenerar-se e depois a má reputação, esta nódoa que às vezes muitos anos de vida regular não apagam, enublaria sempre a sua felicidade, se é que ela poderia desfrutá-la um dia.

Como o viajante tentado pela beleza dos frutos do Mar Morto, buscando apanhá-los sofre a desilusão de encontrar-lhes no íntimo vácuo das coisas apodrecidas, assim a desventurada criatura iludira-se com o aspecto lisonjeiro do primo e, querendo salvá-lo da libertinagem e do vício, sacrificara o sossego de sua vida inteira, tornara-se infeliz, e agora para que não recaísse sobre ela a infâmia que o manchara, cumpria-lhe quebrar de uma vez os laços que a prendiam procurando o divórcio. Saltou em terra com o coração oprimido; mas para que o pai não tivesse de chofre a notícia de seu desastre entrou em casa serena e simulando calma. Quem pode, porém, enganar os olhares esquadrinhadores de um pai estremecido? O coronel ao estreitar a filha notou-lhe os vestígios de fraqueza estampados no rosto e avaliou a densidade das magoas que a haviam martirizado durante a estada no Pará. As irmãs acolheram-na com lágrimas e o Oscar, na ingênua garrulice[69] da idade papagueou a palavra: vovô! Vovô! Olhando desconfiado para a Nazareth.

Mais tarde o coronel, informado da nova infâmia praticada pelo genro, tomou-se da mais viva indignação e impôs à filha que rompesse por uma vez os grilhões que a acorrentavam àquele desgraçado.

– Concorri para o teu infortúnio fazendo que aceitasse por marido o último dos miseráveis; mas tens

69 tagarelice

um filho sobre quem se refletirá a vileza da conduta dele. É, portanto, indispensável subtrair a criança à essa infelicidade e terminar a existência de sobressaltos e torturas que levas. Vou providenciar no sentido de arranjar as coisas de modo a que te divorcies. Hei de descobrir o paradeiro do infame, e então vendo-te livre pela lei desse jugo desmoralizador, poderei morrer tranquilo.

O coronel tinha boas relações em Manaus e em diferentes pontos do interior do estado do Amazonas; escreveu empenhando-se com instância, e ao cabo de poucos meses sabia onde estava o Arthur.

Então encarregou um advogado de grande nomeada de tratar da questão do divórcio de sua filha, e conseguiu o resultado que desejava graças a pertinazes esforços.

O genro continuava a mesma vida viciosa nos centros do Amazonas, à margem dos rios onde fazia toda a sorte de vergonhosas especulações, e aliado a um dono de seringal de consciência elástica e cujo único fito era enriquecer roubando os inditosos fregueses, encontrou largo campo para expandir o seu gênio dissipado.

Os mais baixos ramos de negócio foram postos em execução por ele e dentro em pouco tempo era conhecido como um elemento pernicioso, de quem se arreceavam os homens probos e só não conseguia juntar dinheiro porque o jogo o absorvia, todo insaciável, impelindo-o para que vazasse na banca o produto mal adquirido e que deixava espoliados tantos incautos que nele confiavam.

A Gloria era mais precavida e encarava o futuro com o olhar medroso de quem não se sente bem com a consciência.

O homem que a trouxera do Pará fora vítima de suas espertezas e convicto do que ela valia cedera-a a um outro. A sedução do luxo tentara a mísera tresloucada, e sem um vislumbre de dignidade tratava apenas de juntar dinheiro para mais tarde abandonar a vida incômoda dos seringais e vir ostentar a beleza em Manaus, onde lhe acenavam grandes visões de uma existência luxuosa, entontecedora, numa delicia infinita, no mercadejamento[70] torpe que arrasta a mulher ao abismo sem fundo da desgraça e onde só as asas refulgentes do anjo do arrependimento, banhado em prantos de contrição perfeita, poderão purificá-la redimida pela luz do perdão!

70 comércio

XXXI

Divorciada! Esta palavra fatídica vinha ao espírito da Nazareth logo pela manhã quando despertava e o sorriso do filho lhe enviava um bom dia dulcificante e cheio de esperanças e de paz.

Quebrara todos os laços que a uniam ao marido; mas seu coração igualmente se despedaçara. Que terrível desenlace tivera o seu casamento!

Perguntava a si mesma no silêncio, recolhida e desolada, o que havia feito para merecer tão rude castigo, e a sua consciência de nada a exprobava. Repousava serena na certeza do dever cumprido.

Quantas súplicas levantava todos os dias ao Deus bondoso para que desviasse o marido do caminho do mal!

Ele não lhe escutara a prece fervorosa, queria acrisolar sua alma virtuosa na adversidade. Era cristã, resignava-se.

Tinha de viver dali em diante totalmente sequestrada do mundo ocupando a mais triste posição na casa paterna. Quantos comentários se faziam a respeito dela!

Os que a conheciam de perto faziam-lhe justiça, apiedavam-se de seu infortúnio; porém os estranhos?

Chegavam-lhe aos ouvidos, pela tagarelice dos criados os rumores de fora, e doía-lhe ser considerada desfavoravelmente.

Atribuíam o desfecho triste de seu casamento à rispidez de gênio, ao seu ciúme implacável.

O algoz fazia o papel de vítima, e a própria reputação da inditosa moça sofria investidas grosseiras.

A cena do hotel aparecia pintada com pálidas cores, como um verdadeiro drama de enredo complicado, no qual o matuto era o pomo de discórdia, o Adônis preferido.

Divorciada! Embora se encerrasse entre quatro paredes, vivendo exclusivamente para seu filho havia de atingi-la o bote traiçoeiro da calúnia!

Contudo lutara muito antes de tomar a resolução decisiva de requerer o divórcio; mas última proeza do Arthur arrancara-lhe a venda dos olhos e despedaçara-lhe de todo a energia que a sustinha.

Um ladrão! O ser que a sociedade expele do grêmio como um elemento de destruição ao respeito da propriedade, o ente que sintetiza toda a infâmia que o homem pode praticar.

Seu filho havia de sentir mais tarde a vergonha da conduta indigna do pai e não poderia marchar de fronte erguida, por entre a rapaziada feliz e orgulhosa de seus progenitores.

Se algum dia lhe dissessem: "teu pai era um ladrão", ele, se tivesse a nobreza de caráter do avô, a altivez de gênio da mãe, morreria de pejo![71] Era horroroso pensá-lo! Depois a sua posição de mulher separada do marido pungia-a cruelmente até os recessos da alma, como um estilete agudo.

Se não fosse a má saúde do coronel que dia a dia se agravava, impelindo-o para o eterno descanso, teria desejado morrer.

O filho ficaria sem apoio, e ela tornar-se-ia causadora de seu infortúnio. Assim esta criatura frágil hauria[72] elementos de coragem no amor materno e no meio do desolamento em que vivia, cuidava do filho com a mais extrema ternura. Divorciada! Esta palavra maldita causava-lhe a mesma impressão que o letreiro escrito nas paredes do salão do festim babilônico ao ímpio Baltazar.[73]

Fora castigada simplesmente porque se casara deixando o coração ocupado pela imagem de outro.

Se o Oscar balbuciante dizia: "papá", ela enchia olhos de lágrimas e ensinava-lhe a chamar vovô.

Então era engraçado ouvi-lo, depois de bater mãozinhas, todo ele desfeito num sorriso que afaceirava as covinhas do rosto dizer: "Vovô! Vovô!"

Uma manhã o velho fora ao jardim e trouxera e lá uma rosa, uma linda Paul Neron coberta de gotas de orvalho.

O menino que o recebia sempre alegre, pulando, no entusiasmo engraçado da infância, estendeu a mãozinha para a flor e disse:

---

71 vergonha

72 extraía

73 referência à passagem bíblica que descreve a festa de Baltazar, onde uma mão invisível escreve na parede previsões catastróficas para o reino Babilônico. (Livro de Daniel, Capítulo 5, no Antigo Testamento)

– Papá! Papá!

Como o velho conservasse a rosa nas mãos ele gritou mais forte:

– Vovô! Vovô!

Ao orvalho que rorejava a flor juntou-se mais a pérola de uma lágrima, que das faces do velho deslizava silenciosamente.

XXXII

O coronel chegou, a um tal extremo de fraqueza que um dia não se pode levantar. As filhas convidaram-no a fazer uma pequena excursão no jardim, e ele forcejou por se ter em pé; mas invadiu-o uma tontura forte e foi obrigado a cair.

Mandaram vir o médico que saiu bem desanimado.

– O mal dele tem uma causa moral fortíssima que os recursos da terapêutica talvez não possam debelar; em todo caso cumpre alimentá-lo confortavelmente, distraí-lo, dando-lhe um regime puramente higiênico quando se lhe restaurarem as forças, e assim talvez ele viva mais algum tempo.

As filhas ouviram esta declaração afogadas em pranto, e a Nazareth, que sabia perfeitamente o que matava o pobre pai, entregou-se a um desespero que à custa de muitos esforços conseguiu debelar, para não agravar o estado melindroso do doente.

Este só aliviava um pouco quando lhe traziam o neto e, à luz daquele sorriso adorável que sintetizava um poema de amor e de sofrimento, esquecia a prostração que o molestava e experimentava um pouco de conforto. Era preciso dar-lhe sempre este calmante, e a criança, como se na ignorância de sua inocência avaliasse o bem que fazia ao avô, de vez em quando chamava-o em altas vozes, zangando-se quando não o traziam junto ao leito do enfermo.

Então o avô envolto na treva do crepúsculo da vida e o menino aureolado com o esplendor da alvorada, prenúncio de auspiciosos dias, davam um ao outro a alegria inefável, a única, que adoça os travores da vida.

Uma tarde o velho chamou a Nazareth e vendo-a entristecida, o sulco de lágrimas recentes a cavar-lhe o belo rosto, outrora loução[74] como um lírio desabrochado, tomou-lhe a mão com dulcíssimo carinho e disse-lhe:

– Minha filha, eu morreria contente se te deixasse feliz, unida a um homem de bem que, avaliando a beleza de tua alma, compreendesse o valor inexcedível de tua virtude inquebrantável. Deus não o quis. Todos os meus cálculos falharam, as ilusões que o meu afeto paternal, quiçá um pouco egoísta, criara para o teu futuro desfizeram-se ante a realidade acabrunhadora. Sinto-me a dois passos do túmulo e morro tranquilo porque sempre trilhei o caminho indicado pelo dever. Peço-te que vivas para teu filho, para seres o arrimo de tuas irmãs. Não te entregues a uma dor excessiva, resigna-te e pensa que esta vida transitória não vale as mortificações que nela experimentamos.

74 sentido figurado: viçoso

Eu levo um único remorso: o de haver concorrido para tua infelicidade. Sei que, além do túmulo, Deus há de recompensar os que aqui penaram e levaram pacientes ao Calvário a cruz do sacrifício; e esta esperança me fortalece. Prometes-me cuidar de ti? Eu te peço, e os pedidos dos moribundos têm um valor enorme.

Ela não respondia porque os soluços embargavam-lhe a palavra.

Notou que a voz do pai enfraquecia, que o seu olhar tornava-se embaçado. Cobria-lhe o corpo um gélido suor.

Assustada chamou as irmãs e perceberam todas que eram os sintomas da morte que se aproximavam. Mandaram chamar o médico, fizeram vir o sacerdote, e ambos entraram ao mesmo tempo.

– Nada tenho a fazer – disse o facultativo – a morte está iminente!

O padre desempenhou sua missão consoladora e com todos os sinais da mais perfeita contrição recebeu o coronel os últimos sacramentos. Era enternecedor vê-lo beijar o símbolo da redenção e com os olhos úmidos pedir as filhas que não chorassem.

Serenou um pouquinho e quis beijar o neto.

Trouxeram-no e, ele agarrando-se ao pequerrucho num derradeiro esforço, beijou repetidas vezes as facezinhas rosadas.

Depois dirigindo-se à Nazareth, disse-lhe entrecortadamente:

– Trata de viver para o teu filho para tuas irmãs. Tens de me substituir sobre a terra.

Já as cores ela aurora douravam o horizonte pressagiando a manhã, as avezinhas despertas entoavam a orquestra maviosa de gorjeios, as flores entreabriam a corola rociada pelo pranto da noite, quando aquele espírito atribulado, a quem o martírio da filha impelira depressa para o túmulo, desprendia-se do invólucro terreno para ascender às regiões imortais. Despedaçava-se um dos elos fortíssimos que prendiam Nazareth à vida. Apenas o afeto das irmãs e o carinho do filhinho restavam-lhe do naufrágio de sua ventura, tão implacavelmente trucidada pela aspereza da sorte.

As últimas palavras do pai ressoavam-lhe aos ouvidos como um reclamo de vida, e ela ouvia-o murmurar com o acento debilitado pelos paroxismos da agonia: "Vive para teu filho!"

Sim, era preciso viver para que a mimosa criaturinha não ficasse órfã, duplamente órfã. Seria a mais forte prova de energia que ela pediria à sua coragem.

Embora o viver lhe fosse extremamente amargo, devia sacrificar-se para que o filho crescesse sob sua tutela, para que bebesse no seu exemplo as puras lições do amor ao deve e não pudesse um dia resvalar no negro abismo do vício e da desmoralização, como o pobre Arthur.

Ela havia de estender sobre ele as asas protetoras, e quando lhe fraquejasse a coragem pediria ao espírito do pai as forças de que havia mister.

O espírito dos que se vão deve auxiliar-nos nos transes difíceis da vida.

XXXIII

Uma febre maligna que sobreveio quando o Oscar completava dois anos de idade obrigou a Nazareth, extremamente ciosa da saúde do filho, a procurar na povoação, onde fora convalescer, melhoras para o estado melindroso em que ele se achava.

Os puros ares do campo ricos de oxigênio e impregnados do olor silvestre das flores matutas deram ao pequenito o vigor que lhe fugira ao ambiente corrompido da capital.

O colorido das faces voltou mais rubro, os gestos graciosos tornavam-se mais interessantes e o fraseado meigo e gorjeado foi tomando uma expressão mais álacre[75], e, como para compensar a Nazareth do que havia sofrido, o Oscar reunia o que se pode desejar na criança mais mimosa.

75 alegre

Animava sua desolada mãe, dava-lhe o lenitivo no meio das dores mais fundas, era o Santelmo a guiá-la na noite borrascosa de sua existência. O que seria dela se não fosse aquela criança meiga que tinha nos olhares irradiações do paraíso e, assim mesmo pequeno e fragílimo, abroquelava-a[76] contra os perigos?

Agora poderia ela ter alguma esperança das alegrias terrenas? Fora "escrava de uma estrela infausta", o infortúnio perseguia-a ainda no alvor da mocidade, e desde a estreia do marido no vício experimentara os maiores tormentos que podem torturar um coração feminino.

A morte do pai deixara-a aniquilada, e se não fosse o pedido, quase suplicante, feito com a voz estertorada dos agonizantes e a crença que a escudava, ter-se-ia refugiado no suicídio, recurso extremo dos entes fracos e sem verdadeira religião.

No povoado, para disfarçar a tristeza que a envolvia em uma continua treva, continuou a mesma missão de caridade que iniciara nos bons tempos de sua adolescência; voltava-lhe a neurose do bem.

Tinha sede de lenitivar as aflições outros e agora, possuidora de uma fortuna regular, reservara a parte do filho e se comprazia em repartir entre os miseráveis a que era sua.

Entrar nos lares sombrios onde a miséria se alojara era levar um raio de sol, uma sensação de bem-estar, o pão alvo e macio para os famintos, a roupinha agasalhadora para as criancinhas esfarrapadas. Privava-se de comodidades para que a necessidade dos outros fosse válida.

Tinha o cortejo dos cegos, dos aleijados, doentes que lhe cercavam a porta de manhã à noite.

76 amparava-a

Suas visitas eram para eles.

As irmãs, a princípio, censuravam-na brandamente; mas vendo que aquele ardor de espalhar benefícios dava-lhe refrigério ao coração desolado, acabaram associando-se às esmolas profusamente, semeadas por sua generosa mãe.

Substituía vantajosamente o Chiquinho nos seus, misteres de caridade. O menor elogio que faziam dela era chamarem-na "mãe dos pobres".

As criancinhas sobretudo festejavam-na e acolhiam-na batendo as palminhas e chamando-a de moça bonita.

O Oscar, tendo diante dos olhos exemplos frisantes de amor do próximo, já distribuía esmolas entre os pobrezinhos, e quando algum vinha esmolar ele corria para dentro apressado e solicito e dizia:

– Mamãe! Mamãe! Venha dar uma esmolinha ao pobre!

Pairava sobre aquela família composta de quatro mulheres e uma criança uma serenidade como a que vem depois das grandes tormentas.

Modesto e simples oferecia sempre hospitalidade ao viandante, socorro ao necessitado, auxílio ao desamparado da fortuna.

E não ostentava as suas moradoras a prática dos benefícios; era reservada e discreta a caridade que magnanimamente dispensavam a todos, indistintamente, cumprindo à risca o sublime ditame do Evangelho: "Que a mão esquerda não veja o que faz a direita"

A família Pedrosa era para os habitantes da pequena povoação uma providência, e a angélica impulsionadora daquele movimento caridoso merecia de certo que Deus a indenizasse do que havia sofrido.

XXXIV

A casa do Chiquinho está em festas.

Ei-lo pela segunda vez em regresso do Norte, sadio, robusto, já sem a palidez que trouxera na primeira viagem.

Reina o mais efusivo entusiasmo, repercute a alegria franca e comunicativa em todos os moradores do povoado.

O excelente rapaz foi recebido com músicas e flores.

Na plataforma da estação achava-se a melhor gente e todos à porfia[77] queriam abraçar o conterrâneo trabalhador e honrado que se atirara à luta pela vida, expondo-se aos azares do destino, em solo estranho, sob um clima malsão[78] e pernicioso.

Entrou em verdadeiro triunfo pela porta adentro, e foi com delírio que abraçou a boa velhinha, como ele chamava sua mãe.

77 sem descanso
78 insalubre

Desta vez não o detivera o punhal traiçoeiro do rival dissipado e indigno e fora gozar os dulçores do afeto dos seus progenitores em dulcíssima paz, entre as serras verdejantes e os campinais floridos, onde passara descuidoso os melhores dias da vida na época deleitosa da infância.

– Nem o Sr. Bispo seria recebido assim – dizia a Mariquinhas do correio com o ar de quem gosta de troçar, um pouco filosofa, à moda de Demócrito[79], encarando as coisas pelo lado mais cômico.

– Vejam as cegas como se alvoroçaram – continuava o Ambrosio, o professor, pigarreando, às voltas com a bronquite que não o deixava. – Hoje a Sra. Agueda esquece a macacoa[80] e arregimenta o seu batalhão para fazer continência ao recém-chegado.

A velha Fortunata, andando muito devagarinho e tossindo quando se aproximou da estação, para mais agravar o seu estado e excitar assim a caridade pública, perguntou:

– O seu Chiquinho já foi para casa? Ah! Chegou o "pai dos pobres"! Já sei que hoje como um pirãozinho descansada! – e mais ligeira, à proporção que se afastava, dirigiu-se à casa do rapaz a busca da esmola.

Veem-se doidos os paroaras quando chegam do Norte a um povoado. Chovem os pedidos, aparecem as comadres, surgem os afilhados, os mendigos invadem a casa, e supondo que os que vem do pretenso eldorado trazem fabulosas riquezas, todos aspiram a um pequenino quinhão.

O Chiquinho com o bom modo que lhe era habitual recebeu a todos com delicadeza, distribuiu algumas esmolas

79 Demócrito de Abdera (aprox. 460-370 a.C.) foi um filósofo pré-socrático da Grécia Antiga

80 indisposição

e depois do jantar à tarde[81] deu um passeio pelo povoado e quase à noitinha dirigiu-se à casa da família Pedrosa. Levava-o aí uma missão penosa; mas que se propusera a cumprir porque ele, como a Nazareth, fazia bem até mesmo aos que lhe haviam feito mal, ou podiam retribuir-lhe com a mais negra ingratidão.

Aproximou-se trêmulo, sentindo o coração pulsar desordenadamente.

Percorrera aquele caminho tantas vezes outrora com o coração palpitante de emoção e de ternura!

Ao bater palmas assaltou-o um receio estranho de ser mal recebido.

Mas por quê? Ele já soubera pela família da morte do coronel e ao ver a Nazareth trajando rigoroso luto, pálida, com os traços de uma dor íntima tirando-lhe o frescor da face mimosa, estendeu-lhe a mão que resfriara e apertou a dela silenciosamente. Ela enxugou depressa a lágrima que viera balouçar-se na extremidade dos longos cílios e ofereceu uma cadeira ao rapaz.

Passada a primeira emoção o Chiquinho disse:

– Minha senhora, um triste e penoso dever obrigou-me hoje a importuná-la com a minha presença. Seu marido...

– Meu marido?! Ah! Já não o tenho! A lei separou-me dele para sempre.

– Escute-me. Eu não ignorava isso; mas um impulso de caridade me faz dirigir-lhe uma súplica a favor de um infeliz. O Dr. Arthur chegou um dia doente e sem o menor recurso à minha barraca. A providência ou a fatalidade talvez fizeram-no ir procurar um refúgio na humilde e

81 no início do século XX o horário das refeições costumava ser: café-da-manhã 6h; almoço 9h; jantar entre 12h e14h; ceia às 18h

tosca habitação do rude seringueiro que ele covardemente agredira e que só por um milagre pôde escapar ao golpe traiçoeiro. Meu primeiro ímpeto foi atirá-lo de porta afora, porque me repugnava estar perto do meu assassino, do seu algoz; mas lembrei-me de que pagar o mal com o bem é preceito de nossa santa religião e acolhi o desventurado dando-lhe os socorros de que havia mister. Coitado! Expiou em cruéis sofrimentos os desvarios de sua vida. Longas noites passei velando à cabeceira de seu leito, e somente o seu nome, minha senhora, o nome de seu filho lhe saiam dos lábios. "Meu Deus, não me deixeis morrer sem vê-la, sem pedir-lhe perdão do mal que lhe causei" dizia de quando em quando.

Nazareth nada dizia; mas o pranto corria abundante e via-se o palpitar infrene[82] do coração sob o corpinho de chita preta.

– Consegui que melhorasse – aduziu o Chiquinho –, e como constantemente me pedia que o trouxesse ao Ceará, fiz-lhe o pedido, e agora eis-me aqui diante da senhora para implorar-lhe um pouco de compaixão, não para o seu esposo, que não o merece; mas para o pai de seu filho!

– O pai de meu filho! Sim eu dar-lhe-ei o meu perdão inteiro: mas vê-lo! Pense bem nisso... Parece-me um sacrifício além de minhas forças. Depois, o senhor que o acolheu como um cristão perfeito, continue a sua obra de misericórdia.

– Ele quer vê-la, ao menos por um instante, e está perdido. Deixei-o a lutar com a morte e, para evitar comentários e o despertar do interesse entre os maldizentes e ociosos, não o quis trazer a este povoado, onde a senhora

82 desenfreado

se acha. O caso é urgente, minha senhora, e compreende, sim deve compreender o esforço que faço para aconselhar-lhe esta nobre resolução. A senhora, que é a mãe dos desventurados, leve sua bondade, a meiguice de sua alma até o leito do desditoso e dê-lhe o bálsamo de seu perdão, a esmola ungida de piedade de uma palavra sua.

Levantou-se à espera da decisão. Via-se-lhe o tremor nervoso agora mais pronunciado.

A Nazareth não teve tempo de responder, porque o Oscar entrou trazendo nas mãozinhas uma grande fatia de pão, e na garganteada e dulçorosa linguagem dos inocentes disse:

– Olha, mamãe, é para o aleijadinho do alpendre este pedaço de pão.

Ela estendeu a mão ao Chiquinho e, anediando os cabelos louros do filho, murmurou resoluta:

– Irei!

Em torno deles parecia fulgir o diadema que deve circundar a fronte dos heróis.

XXXV

O Arthur está irremediavelmente perdido.

A vida desregrada que levou no Norte, aliada aos rigores do clima minaram-lhe o organismo. A moléstia chegou ao extremo, e é inevitável a morte.

Vê em derredor do leito visões sinistras, o fantasma do remorso apavora-o durante a noite, e num delírio horrível estorce-se no leito sem gozar um momento de repouso.

Os nomes da mulher e do filho saem-lhe a miúde dos lábios e em certos momentos grita alucinadamente:

– Quero vê-los! Preciso de seu perdão!

Falaram-lhe em mandar vir o sacerdote; ele, porém, recusou. Queria antes absolvição partindo das mãos da Nazareth. Fora ele o grande culpado de sua desventura, fora o seu procedimento indigno que a arrastara pela rua da amargura, fazendo-a verter o pranto acerbo que lhe crestara[83] o viço da juventude. Enquanto o jogo conservou-o debaixo de seu poder despótico embriagou-se no atordoamento que faz abafar o remorso; passado, entretanto, o período da felicidade e quando os primeiros assaltos da adversidade se fizeram sentir, então lembrou-se da esposa e do filho, tão cruelmente desprezados, e veio-lhe do seio da alma entorpecida um arrependimento devorador.

Esse remorso pungente agravava-lhe a prostração física e todos os dias aproximava-se a grandes passos do túmulo.

Ver a mulher a fim de receber de seus lábios uma frase de perdão, implorar com mãos súplices o esquecimento de uma vida inteira de degradação e de opróbrio[84], era o último desejo que lhe agitava o peito. Confiava que a bondade desvelada do seu caritativo salvador obteria da Nazareth esta última mercê.

Como ele, avaliando a fidalguia da conduta do mancebo filantrópico, sentia-se amesquinhado diante de tanta excelsitude de sentimentos!

Quem procedia daquele modo era incapaz de praticar baixezas.

Cismava assim quando o apito do trem quebrou o silêncio da tarde, já envolta na meia luz crepuscular. Uma espécie de torpor dominava-o pouco a pouco, como se fosse a morte que chegasse suavemente, sem o horror da agonia.

Ouviu passos e a porta abrindo-se deu passagem à Nazareth vestida de preto trazendo o filhinho pela mão. Ele levantou um pouco a cabeça que pendia enlanguecida e, num esforço enorme conseguiu sentar-se. Estendeu os braços para a criança linda, cujo rosto emoldurado em

83 roubara
84 desonra

cabelos de ouro assemelhava-se ao de um querubim e o Oscar recuou.

– Não conheço aquele homem, mamãe – disse com receio, prestes a chorar.

Então ela impeliu-o brandamente para o leito e o Arthur pode beijar o filho. Segurou a mão gelada da mulher e com a entonação dos que já tem um pé no túmulo murmurou:

– Perdoe-me... Se eu pudesse, pediria o seu perdão de joelhos; mas... sinto-me morrer... reze por mim... Talvez as suas súplicas resgatem todos os erros de minha vida saturada de opróbrio. Deus...

Vinha entrando o sacerdote que haviam chamado para fazer uma nova tentativa junto do enfermo.

Era um velho respeitável de sorriso meigo, de coração modelado pelas doces teorias do Evangelho. Nazareth aproximou-se do Arthur e disse-lhe:

– É preciso reconciliar-se com Deus para depois implorar o perdão das criaturas.

Ele baixou a cabeça, num gesto de assentimento, e tendo ficado a sós com o ministro da religião, contou-lhe a tétrica história de sua vida com sinais da mais veemente compunção. Depois, chamando a mulher, pediu-lhe que o perdoasse e ouvindo as palavras de indulgente compaixão que ela lhe dirigia no mais alto grau de bondade e caridade inexcedíveis, seu rosto cobriu-se de grande serenidade.

Como um reflexo que se desprendia da fronte da magnânima criatura que tudo esquecera e perdoara, rodeou-o por instantes.

Tomou em uma das mãos a mãozinha aveludada do filho, e, fitando a imagem do Crucificado que se achava em uma mesinha defronte do seu leito, pronunciou devagar entre o arquejar dos derradeiros esforços que faz o espírito ao desprender-se do invólucro terreno:

– Meu Deus, recebei a minha alma e purificai-a na fonte inexaurível de vossa misericórdia. Fui em extremo culpado; mas estes anjos mostraram-me as excelências do arrependimento e dissiparam com a luz do perdão o negror de minha vida. Perdoai-me também e dai aqueles que me salvaram a verdadeira felicidade na terra! Nazareth... Oscar!...

A voz sumiu-se gradativamente, e em breve só se lhe ouviram uns balbucios confusos. Uma lágrima deslizou--se-lhe ao longo do semblante cadavérico, a boca contraiu-se numa crispação fortíssima, e em poucos momentos o Dr. Arthur deixou de existir.

A Nazareth cerrou-lhe brandamente os olhos e, enxugando as lágrimas que corriam merencoriamente[85] através do rosto lívido, ajoelhou-se junto do leito.

O Oscar dobrou igualmente o joelho, e a sua vozinha melodiosa, de uma cristalinidade de gorjeio, elevou-se para o céu dizendo:

– Padre Nosso que estais no céu, ...

85 melancolicamente

XXXVI

A morte quebrara de uma vez a odiosa cadeia que prendia Nazareth ao desventurado bacharel, que terminara tão mal a carreira iniciada do modo mais brilhante!

Tristíssimo e eloquente exemplo do vício!

Podia ter desfrutado a única felicidade da vida no amor da esposa, um verdadeiro anjo que tivera a dita de possuir, e atirara-se no torvelinho das paixões desencadeadas que o haviam atirado ao mais negro abismo.

E lá no Norte, a Gloria – mariposa que luz do falso amor seduzira – queimara-se na pira ardente da especulação mais baixa, mercadejando o sentimento que mais diviniza a mulher e tornando-o um vil negócio de que embalde ela procurava auferir lucros reais. Só tinha em resultado desilusões tremendas.

A beleza ia se eclipsando nas noites de orgia, porque agora ela estava em Manaus e ali entregara-se a todos os desregramentos. Ao princípio tivera um grande triunfo, arrastara sedas, ornava-se de brilhantes, fizera sombra a outras infelizes suas companheiras; mas começavam os dias aziagos[86]. Uma moléstia que se inoculara no seu organismo e lhe subira ao rosto numa asquerosa erupção que a desfigurara, fazia com que dela se distanciassem os adoradores de outrora.

Foram escasseando os recursos...

Do apogeu do vício dourado caiu na miséria mais negra, passou da casa atapetada, cheia de móveis ricos para o casebre nu e de onde se arredavam até os menos escrupulosos porque a moléstia progredia, progredia extraordinariamente, e todos fugiam da "leprosa" como a chamavam.

Um dia sentiu fome...

Já se desfizera das joias, dos vestidos suntuosos, dos móveis de luxo. Mal lhe restava com que cobrir a nudez repugnante.

A pele tão alva e macia outrora engrossara e dela porejava uma água fétida que provocava náuseas; as orelhas cresciam, os olhos encovados mal luziam sob as pálpebras entumecidas e flácidas. A boca, que se assemelhava a uma pequenina flor vermelha, perdera a expressão dos alegres sorrisos e descaia cavando uma ruga precoce na face luzidia e avermelhada.

O corpo era um horror! Se os amadores da plástica o vissem recuariam assombrados. Os pés enormemente inchados tinham pruridos incessantes que a obrigavam a coçá-los até verter sangue.

86 nefastos

A vida tornara-se o pior dos suplícios.

Lamentou ter saído do Ceará, onde a bondade da prima a acolhera com tanto carinho, sentiu a consciência exprobar-lhe a perfídia de sua conduta para com ela. Fizera-lhe tanto mal! Odiara-a simplesmente porque era boa e nobre e sentira grande jubilo em vê-la sofrer a amargura infinita dos entes superiores ante o desmoronamento dos castelos de ventura que arquitetaram.

Fora vitoriosa; mas agora pagava caríssimo esse triunfo efêmero. O mundo dava-lhe o prêmio da existência aventurosa e galante que arrastara entregue aos amores livres.

E sua mãe!?

Ah! Se a pudesse ver!

Sentia-se isolada, maldita.

Todos fugiam do seu contato, o seu corpo decompunha-se como um farrapo de carne apodrecida, e ela havia de morrer como um cão tinhoso, à míngua, só, privada do auxílio de Deus e dos homens.

Nem o leito do hospital a abrigaria.

Aventurara-se uma vez a sair para mendigar e quando a viram, muitos fecharam as portas.

Tentou um último esforço para voltar ao Ceará.

Foi à casa de uma senhora rica, cuja caridade era proverbial e pediu-lhe os meios de se transportar à terra natal.

A bondosa dama apiedou-se de tanto infortúnio e obteve-lhe o recurso pedido. Não conseguiu, porém, embarcar. O comandante do vapor não a quis aceitar a bordo, pois os passageiros reclamaram com energia e afinal foi para o hospital, num canto isolado, onde só a caridade se atrevia a penetrar e lá morreu miseravelmente.

XXXVII

Que linda surgiu a manhã!

Parece que por uma transformação na ordem da natureza a estação pluvial do Ceará mudou-se em uma ridente primavera!

Abril está a findar, e as avezinhas jubilosas enchem o ar de sonoridades dulcificantes. Revestem-se de flores os campos verdejantes e deleitam a vista oferecendo a mais bela e aprazível das perspectivas.

Corre o arroio cristalino entre céspedes alcatifadas de musgo, onde o bamburral cresce, trescalando o cheiro agreste que faz a gente deliciar-se no seio pacífico do campo.

As borboletas se foram em emigração alvissareira; mas as flores de chanana abrem as corolas brancas semelhando asas espalmadas, perdidas no meio da folhagem.

Esplêndida a vista do povoado!

A capelinha caiada de novo para os exercícios do mês mariano que está próximo, dá um tom de alacridade ao aspecto tranquilo das ruazinhas irregulares, das casas esparsas que se abrem aos jorros da luz do sol, que retoma o cetro da realeza bebendo as gotas de rocio no seio fragrante das flores em eclosão.

O quer que seja de extraordinário alvoroça o povo e são os pobres que apresentam mais vivo entusiasmo.

Depois da passagem do trem das 9h30 vai o batalhão de velhas para o adro da igreja e aí esperam que o Mundico, o sacristão, abra as portas.

Está ornada a praçazinha de bandeiras e arcos de palmas de catolé. Que se passa?

Vão realizar-se afinal os sonhos dourados do Chiquinho, vai ele após tanto sofrimento conquistar o galardão que ardentemente ambicionava!

A Nazareth, passados dois anos de luto, vendo amor devotado que o rapaz lhe consagra, avaliando a nobreza de sua alma generosa enaltecida aos olhos dela pela conduta que teve com o Arthur, proferiu o sim desejado.

Este casamento é abençoado por todos. Jamais houve união mais desejada. As próprias preteridas calam os sentimentos de despeito diante da virtude superior dos desposados.

As irmãs da Nazareth mostram-se satisfeitas porque temiam que o sofrimento demasiado e o isolamento pudessem alterar-lhe a saúde, já tão rudemente ameaçada por assaltos cruéis.

Os noivos não querem festa. Lembram-se dos pesares ainda recentes, mas é a vontade do povo que se manifesta ornando o adro da capela, enchendo o altarzinho de ramos e luzes!

Vai ser distribuído um jantar aos pobrezinhos sustentados pela caridade da Nazareth e do Chiquinho, depois da cerimônia do casamento, e é este um dos motivos pelos quais se mostram mais jubilosos os infelizes acostumados à alimentação irregular dos que contam apenas com o auxílio dos outros para subsistir.

Chegam os noivos! Faz-se um silêncio próprio das grandes solenidades.

A Nazareth está lindíssima com o vestido cor de lilás que lhe dá ao rosto formoso uma sombra de melancolia e o Chiquinho um tanto pálido no seu uniforme preto, elegante e sem a timidez que tinha outrora.

Duas alas de meninas vestidas de branco desfolham flores sobre os noivos, repicam alvissareiramente os sinos, pois não há nada que melhor exprima a alegria popular do que essa harmonia cheia de mistérios que eleva o espírito e faz o homem pensar nas delícias de uma vida melhor.

O padre faz uma bela alocução falando do amor puro que une duas almas, identificando-as pelos laços sagrados do casamento.

Exorta o noivo a que ame sempre com a mesma ternura a esposa, pois é a melhor felicidade que o homem pode encontrar na vida: a posse de uma mulher boa que o compreenda e o ajude a sofrer os males de que está cheia a existência; à noiva que obedeça ao esposo e lhe seja fiel como a Igreja é a Jesus Cristo.

O *conjugo vobis*[87] sanciona a união de dois corações, que de há muito se estremeciam, os quais, após as mais horríficas provações, encontravam o repouso no seio carinhoso da mais doce ventura.

---

87 do latim: oração de matrimônio

Agora sim vinha a compensação! Ficavam bem longe as saudades, o amargor da ausência, os extensos dias de inquietação e de receios torturantes!

Surgia a alvorada rósea que trazia os dias límpidos e auspiciosos.

Saíram os recém-desposados sob a mesma chuva de pétalas de flores, e de um canto a outro ouvia-se a voz de uma velhinha que, juntando as mãos, dizia:

– Deus os faça felizes! Deus os abençoe!

À tarde o jantar dos pobres esteve na altura de uma verdadeira festa. Foram as moças que serviram as míseras criaturas, e nada faltou para que todos ficassem satisfeitos e repetissem seus votos pela felicidade dos que não esqueciam os sofrimentos dos outros e, no meio dos mais frementes transportes de jubilo tratavam de enxugar lágrimas alheias.

O Oscar batia as palminhas alvoroçado diante dos pobres e ria porque um velho, o Gonçalves, comia com extrema voracidade, enchendo as bochechas e murmurando de vez em quando:

– Que *de comer* bom! Que guisado *incelente*! Não há nada como a riqueza!

O menino aplaudia igualmente a Sra. Agueda que comia no mesmo prato com a neta, muito bonitinha vestida decentemente e de um momento a outro perguntava:

– Inda tem comida no prato, Adelina?

Terminado o festim da caridade foram distribuídos pelos meninos os bolos e confeitos e a multidão espalhou-se com os mais expressivos sinais de contentamento.

Desceu a noite. O plenilúnio[88] iluminou o povoado com o seu esplendor deslumbrante!

88 lua cheia

Foram-se retirando os convivas, e em breve só ficaram as pessoas da família.

Foi servido um chá íntimo, e no meio das expansões de prazer que fechavam com chave de ouro a festa do enlace de duas almas nobres, ouviu-se a vozinha do Oscar, adormecido no quarto próximo, que dizia a sonhar:

– Vovô! Vovô! Está aqui o vovô!

A lembrança do coronel que do alto via a ventura da filha afinal realizada foi a única sombra que enublou a felicidade daquele lar abençoado.

A noite continuava bela. As estrelas tinham irradiações deslumbradoras em um céu de turquesa, as flores meio fanadas incensavam com seus perfumes o tálamo[89] dos recém-casados, cuja união Deus abençoara do céu.

Fim

89 leito nupcial

Esse livro foi editado na Cidade do Rio de Janeiro e
publicado pela Janela Amarela Editora no outono de 2022.
Texto composto na tipografia Garamond Pro.